Nul ne saura

Mary Jane Clark

Nul ne saura

ÉDITIONS FRANCE LOISIRS

Titre original : *Nobody Knows*
publié par St. Martin's Press.

Traduit de l'américain par Jean-Paul Mourlon.

Édition du Club France Loisirs,
avec l'autorisation de l'Archipel.

Éditions France Loisirs,
123, boulevard de Grenelle, Paris.
www.franceloisirs.com

ISBN : 2-7441-6834-3

REMERCIEMENTS

Au début, ce n'était qu'une image, celle d'un petit garçon, avec un détecteur de métal, qui trouvait quelque chose dans le sable d'une plage de Floride. Ce qu'il découvrait ? Aucune idée, tout comme je ne savais pas vers quoi cette scène me mènerait. Grâce au soutien de mes proches, cette idée initiale a pu aboutir au livre que vous avez entre les mains. Mes sincères remerciements vont à tous ceux qui m'ont aidée quand j'en ai eu besoin.

Le père Paul Holmes, éditeur indépendant, ne m'a pas regardée comme un animal étrange lorsque je lui ai parlé de ma vision un peu vague. Il m'a encouragée, et nous avons échangé des idées pendant un automne où le monde réel était le terrain d'événements bien plus étranges et terribles que ceux qu'un romancier pourrait jamais imaginer. Son soutien a été constant.

Jim Murphy, producteur exécutif de l'émission « CBS Evening News with Dan Rather », m'a fait partager son expérience et m'a donné une bonne vision des questions d'éthique qui peuvent se poser aux journalistes quand ils couvrent un sujet délicat.

Bobbi Harley, correspondant pour CBS, m'a cette fois encore été d'une grande aide, en me donnant de nombreux détails sur la manière dont les journalistes de Miami couvrent les catastrophes naturelles, en particulier les ouragans.

Mes sources au FBI tiennent toujours à rester anonymes, mais je remercie tout spécialement l'agent qui a pris le temps de m'expliquer comment était établie la liste des dix fugitifs les plus recherchés.

Alors que l'échéance approchait, Mary Catherine Ryan m'a aidée dans mes recherches documentaires, tout comme ma fille, Elizabeth Higgins Clark.

Grâce à Laura Dail, le « métier » d'écrivain est devenu beaucoup plus amusant. Je ne pouvais rêver d'un agent plus compétent, énergique, motivant... Laura est maintenant une amie.

Et, puisque l'on parle d'amitié et de travail, Colleen Kenny est entrée dans ma vie, il y a plusieurs années de cela, en tant que baby-sitter de mes enfants. Nous sommes devenues amies et c'est elle qui aujourd'hui s'occupe de mon site Internet (www.maryjaneclark.com).

La contribution de Jennifer Enderlin est considérable. Je sais que j'ai de la chance d'avoir une éditrice si talentueuse ! Jennifer a su relever certains passages de mon histoire qui avaient besoin d'être étoffés ; sans ses conseils, *Nul ne saura* ne serait sans doute pas un roman aussi convaincant. Je ne la remercierai jamais assez pour toute l'attention qu'elle a accordée à cette aventure, à commencer par la conception de la couverture, que la directrice artistique, Anne Twomey, a réalisée à la perfection. Chez St. Martin's Press, je tiens aussi à remercier de leur soutien Sally Richardson, Matthew Sear et John Murphy. Enfin, si Jane et Bennett Willis ne m'avaient pas fait découvrir la beauté de Sarasota, il y a bien longtemps, je n'aurais pas connu cet endroit magnifique, où mon petit enfant prodige trouve quelque chose dans le sable... Tante Jane, oncle Bennett, ma famille et mes amis, *nul ne saura* jamais où j'en serais sans vous...

PROLOGUE

Mardi 19 février

Cassie Sheridan, journaliste de Key News spécialisée dans les questions judiciaires, se dit que quelque chose n'allait pas. Elle attendait que la conférence de presse commence, mais elle savait déjà, par ses sources au FBI, qu'un violeur allait bientôt être mis sur la liste des délinquants en fuite.

Elle suivit des yeux Pamela Lynch quand celle-ci, vêtue d'un tailleur gris d'allure sévère, monta sur l'estrade de la salle de presse. Première femme à diriger le FBI, elle annonçait souvent, comme ses prédécesseurs, toute modification de la liste des dix criminels les plus recherchés des États-Unis.

Pamela passa une main dans ses cheveux gris coupés court et se racla la gorge tandis que les journalistes faisaient peu à peu silence.

— Bonjour à tous ! lança-t-elle. Le FBI n'ignore pas qu'il doit s'assurer la collaboration du grand public pour traquer les criminels. Depuis la création de la liste des dix personnes les plus recherchées, voilà un demi-siècle, près de cinq cents personnes y ont figuré. Une sur quatre a été arrêtée par la suite, grâce à la collaboration des citoyens.

Cassie griffonna sur son bloc-notes tandis que la directrice poursuivait :

— Les critères de sélection sont assez simples. En

premier lieu, l'individu en question doit s'être rendu coupable de plusieurs crimes graves, être considéré comme particulièrement dangereux. En second lieu, le FBI doit être certain qu'une publicité d'ampleur nationale pourra faciliter son arrestation.

Lynch s'interrompit, prit un verre d'eau placé à côté d'elle et en but une gorgée — d'une main tremblante, constata Cassie, assise au premier rang. Pourquoi diable était-elle tendue à ce point ? Pamela Lynch était connue pour avoir des nerfs d'acier. Cassie l'avait vue, plus d'une fois, répondre sans fléchir à toutes sortes de questions sur le terrorisme ou défendre le FBI contre les mises en cause dont il faisait l'objet. Pourquoi donc était-elle à ce point crispée ? Il ne s'agissait apparemment que d'une affaire de routine.

— Nous n'avons pas de photo de l'individu que nous recherchons. Quand nous en aurons une, et s'il n'a pas été appréhendé d'ici là, je vous garantis qu'il figurera sur la liste des dix personnes les plus recherchées — vous savez que ce n'est pas possible tant que nous n'avons pas de cliché.

Cassie se fit la réflexion qu'elle l'ignorait.

— Cependant, nous réclamons dès à présent l'assistance de tous pour retrouver cet individu encore anonyme. Nous l'avons appelé Emmett Doe. Les croquis que vous voyez ici sont inspirés des descriptions que ses victimes ont données de lui.

Elle eut un geste en direction de deux grands dessins placés sur des chevalets. L'un représentait un visage d'homme, le second celui d'un clown fronçant les sourcils, dont les traits grotesques firent murmurer les journalistes présents.

— Emmett Doe est recherché pour viol et vols de voitures en Louisiane et en Floride, actes commis au cours des six derniers mois. Il est armé et considéré comme extrêmement dangereux. Nous demandons à quiconque pourrait avoir des informations sur lui de contacter le bureau du FBI le plus proche ou, au besoin, l'ambassade ou le consulat américain, si nos informateurs se trouvent à l'étranger.

Des mains se levèrent dans l'assistance.

— Y a-t-il une récompense pour son arrestation ? demanda le correspondant de CBS, assis juste à côté de Cassie.

— Le FBI offre 50 000 dollars pour tout renseignement permettant directement son arrestation.

Un autre journaliste intervint :

— Ses yeux sont-ils bleus ou marron ? Pourquoi avoir mentionné deux couleurs ?

— Deux de ses victimes les disent bleus, une troisième, marron. Nous ne sommes pas sûrs.

Cassie leva la main à son tour :

— Quels détails pouvez-vous donner sur les viols ?

— En novembre dernier, cet individu a violé une jeune femme dans la région de Miami. Au début de ce mois-ci, il a recommencé à La Nouvelle-Orléans. Comme vous le savez, le viol n'est pas, aux termes de la loi, un crime fédéral. Techniquement, ce n'est pas donc pas ce qui vaut à Emmett Doe d'être recherché. Mais il représente une menace pour la société, et nous pensons que les citoyens pourront nous aider à l'arrêter.

— Pourriez-vous nous dire sur quelles bases ont été établis ces dessins ? demanda Cassie.

— Les victimes ont décrit un homme de taille et de stature moyennes, le visage recouvert de maquillage, que vous voyez représenté ici. Le dessinateur a ensuite tenté d'établir ce à quoi l'homme pouvait ressembler sans son déguisement. Voilà ce qu'il a obtenu, répondit Pamela Lynch avec un geste de la main.

Se penchant vers elle, le correspondant de CBS murmura à Cassie :

— C'est vraiment un visage très quelconque.

Elle hocha la tête, en signe d'acquiescement ; des traits communs, sans aucun signe particulier.

— Pourriez-vous nous dire de quelle manière il procède ?

La directrice du FBI but une nouvelle gorgée d'eau avant de répondre :

— Les trois victimes ont été attaquées chez elles, de nuit, pendant leur sommeil. L'agresseur les a attachées et bâillonnées avec leurs sous-vêtements. Ensuite, il les a violées sous la menace d'un couteau. Après quoi il s'est emparé de leurs clés de voiture. Les véhicules ont été retrouvés plus tard, toujours près d'un aéroport.

— Est-il courant qu'un violeur se déguise ainsi ?

— Ce n'est pas très fréquent. Selon notre bureau des sciences du comportement de Quantico, les violeurs en série, dans leur grande majorité, ne s'habillent pas d'une façon particulière. Mais nous essayons de déterminer pour quelles raisons cet ignoble individu tient à se déguiser en clown.

***

Il était un peu plus de 17 heures quand New York donna son feu vert, laissant au bureau de Washington un peu plus d'une demi-heure pour monter le reportage de Cassie. Après avoir enregistré son intervention, elle laissa le rédacteur en chef et le monteur prendre le relais, puis retourna dans son bureau et appela de nouveau le bureau de presse du FBI.

— Vous êtes sur la liste d'attente, madame Sheridan, répondit la secrétaire d'un ton las.

— Cela fait trois fois que j'appelle. S'il vous plaît, faites en sorte qu'il me contacte. J'ai besoin de lui parler avant de passer à l'antenne.

— Je comprends, madame Sheridan. Je vous promets de lui transmettre votre message.

***

À 18 heures, Cassie se faisait maquiller pour son intervention en direct après la diffusion de son reportage. C'est alors que l'imposante silhouette de Yelena Gregori fit son apparition.

— Heureusement, j'ai trouvé quelqu'un d'autre avec qui déjeuner ! lui lança-t-elle en souriant.

— Je suis désolée ! s'exclama Cassie.

La conférence de presse l'avait contrainte à annuler leur rendez-vous, durant lequel il aurait dû être question de son intégration au grand magazine de *news* de la chaîne, « Hourglass ».

— Peut-être pourrions-nous convenir d'un autre rendez-vous ?

— Il faut que je reparte pour New York sur-le-champ, répondit Yelena qui, voyant combien Cassie était déçue, lui tapota la main :

— Ne vous inquiétez pas ! On se reverra bien vite. Je veux à tout prix que vous intégriez l'équipe.

***

Cassie alla visionner son reportage après montage. Bien construit, il semblait couvrir tous les aspects de la question. Mais son instinct lui disait qu'il y avait autre chose, et elle avait appris à lui faire confiance.

Le sujet devait passer en seconde partie, après l'interruption publicitaire. À 18 h 15, tandis qu'Elisa Blake, la présentatrice du « Evening Headlines », s'installait, Cassie contacta à nouveau le FBI mais, cette fois, appela l'agent spécial Will Clayton.

— Will, le temps presse et le bureau ne m'a toujours pas rappelée. J'ai besoin de savoir à quoi jouait Pamela Lynch cet après-midi.

— Que veux-tu dire ?

— Will, je passe bientôt à l'antenne ! Elle n'était pas dans son assiette, à la conférence. Elle tremblait comme une feuille.

— Elle est directement impliquée dans l'affaire, Cassie.

— Comment cela ?

Il y eut un silence à l'autre bout du fil.

— Will, je t'en prie ! Alors ?

— Ça finira par se savoir tôt ou tard... Je suis même surpris que ça n'ait pas déjà filtré.

— Mais quoi donc ?

— Je ne t'ai rien dit, d'accord ?
— Bien sûr que non. Alors ? Raconte...

***

— Quel âge a-t-elle ?
— Vingt et un ans. Elle est étudiante à l'université Loyola, à La Nouvelle-Orléans.
— Cassie, je ne vois pas pourquoi nous n'en parlerions pas, dit Range Bullock, le producteur exécutif, depuis New York. L'un des plus hauts fonctionnaires du pays fait usage de son pouvoir pour une affaire personnelle. C'est énorme ! Est-ce qu'on en ferait autant pour un citoyen lambda ?
— Mais est-ce qu'un citoyen lambda aimerait que le pays entier sache que sa fille a été violée ?
— Ce n'est pas une affaire comme les autres. L'une des victimes est la fille de la directrice du FBI, c'est une sacrée nouvelle.
— Range, tout ça ne me plaît pas.
— À moi non plus, Cassie. Mais ça retiendra l'attention du public. Et, de toute façon, les autres chaînes finiront bien par révéler l'histoire.

Cassie raccrocha. « Les taux d'audience ! », songea-t-elle en soupirant. Tout se réduisait à cela. La bataille était rude, les rentrées publicitaires en dépendaient. On était en février, période toujours un peu difficile, et le problème devenait plus aigu que jamais.

Elle se dirigea en hâte vers le studio et alla prendre place. Fixant le petit micro sur le revers de sa veste, elle contempla Elisa Blake sur le moniteur, tout en songeant aux commentaires qu'elle allait apporter. Une fois son reportage diffusé, Cassie fixa la caméra :

— Il est surprenant que le directeur du FBI annonce en personne une nouvelle addition à la liste des fugitifs, mais la situation n'a en fait rien de banal pour Pamela Lynch. Nos sources nous ont appris que sa fille unique, Maggie, était l'une des victimes du violeur.

***

Incapable de dormir, Cassie écoutait le souffle régulier de Jim, étendu auprès d'elle. Après une telle journée, elle se sentait épuisée. Elle avait annoncé un scoop et, après l'émission, Range l'avait appelée pour la féliciter.

Plus important encore, elle allait faire partie de l'équipe new-yorkaise de « Hourglass ». Ce soir, quand elle leur avait appris la nouvelle, Jim et Hannah n'avaient pas paru très enthousiastes, mais Cassie était persuadée qu'ils changeraient d'avis. Elle gagnerait beaucoup plus d'argent, Jim ne serait même plus contraint de travailler s'il n'en n'avait pas envie, et pourrait consacrer davantage de temps à écrire. Hannah se ferait de nouvelles amies.

De telles occasions étaient rares. Cassie désirait passionnément ce nouveau job, l'un des plus prestigieux de la chaîne, même s'il lui fallait déraciner sa famille. Mais ce serait aussi un nouveau départ. Jim et elle seraient plus proches l'un de l'autre, comme autrefois.

Cassie ferma les yeux, en attendant le sommeil.

La sonnerie du téléphone retentit dans la pièce plongée dans l'obscurité. Elle s'empara du combiné en espérant que Jim ne se réveillerait pas.

— Allô ? chuchota-t-elle.

— Cassie ? C'est Steve Wagner, du studio.

— Oui ?

— Désolé de te réveiller, mais il faut que tu saches. Maggie Lynch s'est jetée de la fenêtre de l'appartement de sa mère à New York.

Mardi 15 août

Le bateau tanguait, apaisant, tandis qu'elle levait la main comme pour saisir la douce lumière de la lune. Elle admira une fois de plus la bague qu'elle portait au doigt. Son vernis à ongles était assorti à la couleur du rubis.

Merilee avait lu le nom du bijoutier sur l'écrin : le plus coûteux de toute la ville ! Il avait dû la payer une sacrée somme ! De toute évidence, il était très épris — elle avait tout fait pour.

Elle attendit en rêvassant, contemplant les lumières du rivage, fredonnant un petit air dont elle espérait qu'il la rendrait riche. Elle avait de grands projets. Un succès au hit-parade, un grand rôle pour Web of Desire Productions, un époux fortuné, faisaient également partie de l'avenir qu'elle envisageait.

Mais que faisait-il donc ? Il en mettait, du temps !

Elle redescendit et le vit au moment où il refermait sans bruit la porte des toilettes.

— Que fais-tu donc, chéri ? ronronna-t-elle.

Puis elle aperçut, dans le petit miroir au-dessus du lavabo, le reflet terrifiant de son visage. Il était couvert de poudre blanche, un maquillage bleu criard entourait ses yeux marron.

Surpris, il fit volte-face tandis qu'elle reculait brusquement, horrifiée. Il tenta de la rassurer, de lui dire que tout allait bien.

Mais ce n'était pas vrai.

Quel genre de malade était-il donc ? Le monstre qui était devant elle ne ressemblait en rien à l'homme qu'elle croyait connaître.

Il fallait qu'elle s'en aille.

Elle lui tourna le dos et courut vers l'échelle qui menait sur le pont. Il la suivait de près. Elle songea à plonger dans les eaux noires, mais elle ne savait pas bien nager et le rivage était trop loin.

Prise au piège, elle se tourna vers le grotesque visage, en désespoir de cause.

— Ne me touche pas, espèce de malade !

Il s'approcha, les yeux brûlant de rage.

Merilee grimaça de douleur quand le poing de l'homme s'abattit sur sa joue avec une force qui la projeta contre le bastingage. Elle secoua la tête, tentant désespérément d'y voir clair, tandis que le clown s'emparait d'elle.

1

Lundi 19 août

Vincent cligna des yeux, encore endormi, pour s'accoutumer à la lumière du petit matin qui filtrait entre la fenêtre et le store de vinyle. Le bourdonnement de l'air conditionné fut le premier bruit qu'il perçut. Puis vint celui, trop familier, de son frère qui toussait.

Rejetant la couverture, Vincent se redressa et contempla son cadet dans le lit voisin. Mark, cinq ans, dormait toujours, apparemment insensible à sa propre toux. Vincent se dit qu'il ne pouvait pas en être autrement. D'aussi loin qu'il s'en souvienne, Mark avait toujours toussé pendant la nuit.

Vincent avait écouté ce bruit plus d'une fois dans le noir. Il redoutait que l'état de son frère ne s'aggrave, tout en s'agaçant de l'intérêt exclusif que leur mère portait à Mark. Il était furieux de devoir s'occuper de son cadet quand tous les autres garçons de son âge jouaient dehors sans se préoccuper de quoi que ce soit. Il se sentait pourtant soulagé de ne pas être malade lui aussi. Et coupable, bien entendu. Pourquoi Mark souffrait-il de mucoviscidose, et pas lui ?

Le médecin de la clinique avait expliqué que certaines personnes sont porteuses d'un gène CF défectueux. Quand c'est le cas du père et de la mère, ils le transmettent à leurs enfants, mais pas toujours. Mark l'avait reçu, pas Vincent.

« La chance », se dit-il en enfilant son short. Son frère avait une maladie incurable, sa mère s'inquiétait en permanence, et il n'avait pas revu son père depuis trois ans.

Vincent se leva sans faire de bruit. Il mourait d'envie d'aller à la plage, et espérait n'avoir rien manqué en n'y étant pas allé la veille, en fin d'après-midi, après le départ des baigneurs. C'était le meilleur moment : on avait toutes les chances de trouver quelque chose d'intéressant. Mais sa mère avait dû partir travailler assez tôt, pour remplacer une serveuse malade, et Vincent était resté à la maison pour soigner Mark et faire fonctionner la *marteleuse*.

Il détestait cette machine chargée de cogner sur la poitrine de son frère afin de déloger le mucus qui envahissait ses poumons. Pourtant, à choisir, c'était bien mieux que les coups que sa mère lui donnait dans le dos. Trois fois par jour, une demi-heure à chaque fois. Mark ne se plaignait jamais et disait même que ça ne lui faisait pas mal. Mais Vincent souffrait toujours de devoir assister à la scène.

Sa mère chantait des chansons à Mark, tandis que Vincent préférait s'installer devant la télé pendant ces séances, en essayant de penser à autre chose.

La porte de la chambre de sa mère était entrouverte ; Vincent s'arrêta. Un ventilateur bourdonnait à côté du lit, brassant l'air humide. Dans cette petite maison de location, seule la chambre des garçons avait l'air conditionné : l'état de Mark l'exigeait. Ils avaient aussi un minitrampoline, que sa mère avait acheté pour que Mark puisse y sauter, afin d'accroître les effets du traitement. Vincent pouvait donc en bénéficier.

Sa mère s'agita dans son sommeil, murmurant quelque chose qu'il ne comprit pas. Il s'avança vers le lit. Sa chevelure blonde était emmêlée, ses yeux cernés de taches sombres, à cause du mascara qu'elle n'avait pas pris la peine d'ôter en rentrant la veille au soir. Au pied du lit gisaient des baskets blanches, un short en denim et un tee-shirt orné d'un bouledogue, l'emblème du Salty Dog.

À pas de loup, Vincent alla jusqu'à la commode et compta l'argent qui y était déposé. Quarante-huit dollars. Cela ne valait guère une soirée de travail. C'était la période des vacances : Siesta Key était envahie de touristes venus du Nord, et une serveuse du Salty Dog pouvait empocher jusqu'à deux cents dollars, pour avoir servi des bières glacées, des soupes de palourdes, des crevettes, du poisson ou des hot dogs au flot incessant des clients qui venaient manger dans ce restaurant en plein air.

Sa mère y travaillait le soir, afin de pouvoir être avec Mark pendant la journée, quand Vincent était à l'école. Ce serait bientôt le tour du cadet d'y aller aussi. Vincent espérait que leur mère tiendrait sa promesse de travailler davantage lors du déjeuner et, en novembre, quand les touristes reviendraient à Siesta Key, de refaire des ménages, de manière à pouvoir rester avec eux le soir. Il ne l'aurait admis pour rien au monde, mais c'était parfois effrayant d'être seul avec Mark. Et très absorbant. L'année précédente, les notes de Vincent n'avaient cessé de se dégrader, l'instituteur avait dit à sa mère qu'il faudrait lui donner un coup de main pour ses devoirs.

Vincent fut tenté de réveiller sa mère, de lui dire où il allait, de lui confier qu'il était contraint de partir si tôt à la plage pour compenser son absence de la veille. Il préféra griffonner quelques mots au dos d'une enveloppe portant le logo de la compagnie du téléphone. Une facture de plus — le sol en était jonché. Puis il sortit, enfila ses sandales et prit le détecteur de métal posé à côté de la porte d'entrée.

Il faisait assez chaud dans la maison, mais les ventilateurs la rendaient supportable. Dehors, l'air était oppressant, bien qu'il fût encore tôt. Vincent descendit les marches et se dirigea vers la plage, enveloppé de chaleur et d'humidité. À peine avait-il fait quelques dizaines de mètres qu'il sentit les premières gouttes de sueur perler sur sa nuque.

Les rues étaient vides ou presque. D'ordinaire, il croisait quelques amateurs de jogging, mais aujourd'hui aucun d'eux ne semblait avoir osé braver la canicule. Il entendit le cri d'une tourterelle, sans pouvoir dire d'où il venait. Devant lui, un gecko traversa le trottoir en toute hâte, sans doute impatient d'échapper au macadam brûlant pour se réfugier dans l'herbe.

Vincent nota le nombre de pancartes « À louer » devant les appartements et les bungalows du voisinage. Le mois d'août était sans doute très actif sur les plages, mais pas à Siesta Key, qui travaillait surtout en hiver et au printemps.

Pour lui, cela signifiait surtout que les vacances allaient prendre fin et qu'il retournerait bientôt à l'école. Cette année, il irait au collège. Il allait se retrouver tout en bas de l'échelle. On lui avait dit que c'était assez dur, et il n'avait aucune envie d'y entrer.

Traversant Beach Road, il passa à hauteur d'une poubelle remplie de bouteilles de bière avant d'aborder le sable blanc de la plage — Siesta Beach était renommée pour cela, et Vincent en était fier. Un jour, l'endroit remporterait le concours du plus beau sable, devant la Barbade, Antigua ou les Bahamas. Semblable à du sucre, composé de milliards de cristaux minuscules, le plus fin et le plus blanc du monde. Marchant tout doucement, Vincent mit en marche le détecteur de métal.

Il fallait bien le reconnaître, sa mère s'efforçait toujours de tirer le meilleur parti de l'argent qu'elle gagnait. Elle allait toujours dans les salles des ventes pour lui acheter des choses. Une bicyclette, un skateboard, une raquette de tennis, un masque de plongée et des palmes. C'est le détecteur de métal qui lui avait fait le plus plaisir. Elle le lui avait offert en juin, pour son anniversaire, en s'excusant qu'il soit d'occasion. Ce dont Vincent se moquait éperdument. Tout l'été, il avait arpenté la plage, chaque jour, dans une chasse au trésor.

Il avait surtout trouvé des pièces de monnaie, qu'il rinçait dans l'eau de mer avant de les fourrer dans ses poches et de se rendre au village pour acheter une glace au chocolat chez Big Olaf. Il en glissait certaines dans une boîte vide, sur la commode qu'il partageait avec son frère. Le mieux, c'était encore les bijoux; Vincent avait l'impression d'être un pirate déterrant un butin.

Jusqu'ici, il avait récolté une croix en or avec sa chaîne, une montre Timex, un bracelet en argent et beaucoup de boucles d'oreilles dépareillées, dont l'une avec un diamant. Vincent était allé dans une bijouterie sur Tamiami Trail, et l'homme lui en avait donné cinquante dollars !

Les pélicans frôlaient les eaux vertes, les mouettes picoraient le sol en quête de nourriture, le ciel bleu parsemé de nuages s'étendait à perte de vue. Mais Vincent n'y prenait pas garde, trop occupé à promener le détecteur au-dessus du sable, en rêvant d'une belle prise. L'appareil bourdonna ; l'enfant fouilla le sable, mais n'y découvrit qu'un peigne de métal qu'il rejeta aussitôt. Ensuite, il y eut une pièce de monnaie, puis une autre.

Il remonta la plage en direction de la digue, où Gédéon pêchait souvent. Mais le vieil homme n'était pas là. Il y avait déjà trouvé bien des choses intéressantes, apportées là par les flots.

Des algues vertes et noires s'étaient entassées au pied de la digue. Le jeune garçon pointa sur elles le détecteur, qui résonna aussitôt. Devoir fouiller la masse gluante ne l'enchantait guère ; il chercha autour de lui quelque chose qui l'y aiderait. Une bouteille de bière : elle ferait l'affaire.

S'en emparant, il en glissa le goulot sous les algues et tira. D'abord, il n'en crut pas ses yeux, puis il regarda avec plus d'attention. C'était bien cela : il eut un haut-le-cœur et faillit vomir.

C'était vraiment répugnant.

Une bague en or sertie d'un rubis scintillait sous le soleil. Elle était glissée au doigt d'une main déjà boursouflée.

2

Le lever du soleil. Quel bonheur !

Cassie courait vers l'extrémité du quai qui zigzaguait à travers Biscayne Bay. La magnificence du soleil dans le ciel de Floride, au-dessus des eaux bleu-vert, avait le pouvoir de vous faire oublier tout le reste. Chaque matin, pendant ces brefs instants, elle pouvait échapper au souvenir de ce qui s'était passé. Sa vie était un naufrage, et elle ne voyait pas comment s'en sortir.

Si un inconnu l'avait croisée, il n'aurait jamais deviné, à la voir, les souffrances qu'elle endurait. Cinq mois après son arrivée à Miami, où elle était la correspondante de Key News, elle était en bien meilleure forme physique qu'à Washington.

Elle courait cinq kilomètres chaque jour, pour se vider l'esprit et conserver sa santé mentale ; ce qui lui avait fait le plus grand bien. Souvent en reportage à l'extérieur, et bien qu'elle allât rarement à la plage, elle avait même de belles couleurs, ce qui ne lui était jamais arrivé : à Washington, elle quittait rarement les bureaux du FBI ou de la Cour suprême. Et voilà qu'elle passait son temps dans les marais salvadoriens ou au milieu des débris laissés par les tornades dans les campings de Louisiane. Le bureau de Miami couvrait un domaine très vaste : tout le quadrant sud-est des États-Unis, mais aussi l'Amérique centrale.

Si seulement elle avait parlé espagnol... Elle l'avait appris au lycée, mais il ne lui en restait pas grand-chose et, à Washington, cela n'avait aucune importance.

Son travail la passionnait, mais il était temps de changer de cap. C'était un domaine captivant, certes, surtout après les attentats terroristes, et elle était passée à l'antenne presque chaque soir, pour commenter les enquêtes en cours, le mystère de l'anthrax, les mesures de sécurité, les sommes offertes pour la capture des criminels. Seule Elisa Blake, la présentatrice, était plus présente à l'antenne qu'elle.

Mais le temps passait, et Cassie s'en rendait parfaitement compte. À trente-neuf ans, la presse audiovisuelle, si prestigieuse autrefois, commençait à paraître un peu limitée. Les responsables de la chaîne avaient beau dire, les hommes passaient plus volontiers en *prime time*.

Il était temps de changer et de se rendre à New York.

Et puis l'affaire Maggie Lynch avait tout changé. Les projets de carrière de Cassie avaient soudain perdu toute importance. Une jeune fille était morte et elle en était en partie responsable. Elle comprenait sans peine la douleur et la rage de Pamela Lynch, sa soif de vengeance. Le violeur était introuvable, mais Cassie, elle, était toujours face à la caméra. Elle faisait une cible parfaite — et elle méritait de l'être.

Elle grimaça en faisant demi-tour en direction du rivage. Il fallait rentrer, prendre une douche, s'habiller, se contraindre à faire un travail qui lui rappelait constamment son échec.

Au bout du quai l'attendait un homme bronzé, vêtu d'un bermuda rouge taché et d'une chemise hawaïenne rouge et noire. Il portait des baskets et des chaussettes qu'il n'avait pas dû laver depuis des lustres. Un visage rougeaud, buriné, des yeux bleus un peu vitreux, des cheveux gris acier noués en catogan et parsemés de débris de paille, des lèvres pâles et craquelées...

« Je me demande où il a bien pu passer la nuit ! » songea Cassie. En tout cas, il l'attendait au même endroit chaque matin depuis qu'elle lui avait donné un billet de cinq dollars. S'arrêtant, elle en glissa un autre dans sa main tendue.

— J'espère qu'il vous servira à manger ! dit-elle.

Il acquiesça de la tête.

Le rituel avait commencé peu après l'arrivée de Cassie à Miami. Elle avait tenté d'en savoir plus sur lui. Quel était son nom ? Où vivait-il ? Comment en était-il arrivé là ? Mais il avait répondu à ses questions par le silence, et elle n'avait pas insisté. Elle ne pouvait le contraindre à parler, mais, au moins, lui donner de l'argent l'apaisait un peu. Elle espérait simplement qu'il achetait vraiment à manger et ne dépensait pas cet argent à boire.

N'y avait-il personne pour s'occuper de ce malheureux ? C'était très triste, un peu effrayant. Cassie frémit en s'éloignant. « Après tout, je pourrais finir comme lui. Comme tout le monde. »

Elle avait travaillé dur pendant des années pour sa carrière, souvent aux dépens de sa vie personnelle.

Puis tout avait pris fin brutalement. Elle ne pouvait en vouloir ni à Jim ni à Hannah. Père et fille étaient très liés. Professeur de lycée, aux horaires précis, aux longues vacances d'été, il s'était chargé d'élever Hannah, s'était occupé de tout. Le *beeper* de Cassie avait trop souvent sonné, la séparant de sa fille et de son mari.

Cassie s'était dit que son travail permettrait à Hannah d'avoir tous les avantages. Jim gagnait sa vie correctement, mais Cassie avait un salaire cinq fois supérieur. Ce qui avait rendu possible un confort matériel certain : une demeure coloniale à Alexandria, avec quatre chambres et trois salles de bains, une décapotable Saab, un break Volvo — bref, l'entretien d'un foyer dont Cassie ne faisait plus partie.

Jim comptait divorcer, Hannah voulait rester avec lui. Key News avait transféré Cassie à Miami ; la chaîne et elle faisaient face à une plainte en justice suite à la mort de Maggie Lynch, fille de la première femme à diriger le FBI.

Oui, la vie dépendait de bien peu de chose.

3

Il contempla son reflet bien rasé dans le miroir. Toujours commencer par une peau bien sèche et nettoyée.

Il plongea un doigt dans le maquillage blanc et

l'appliqua, sans excès, autour de ses yeux et de sa bouche.

Puis il l'étala du bout des doigts, minutieusement. Il prit ensuite un coton-tige, l'humecta du bout de la langue et le passa autour des zones blanches, pour leur donner des contours plus nets.

Il secoua au-dessus de son visage une vieille boîte de talc trouvée dans la salle de bains de Maggie Lynch. Après quoi il se regarda dans le miroir en attendant que la poudre soit bien en place, puis en ôta le superflu à l'aide d'une brosse. Il recouvrit le reste de son visage d'un maquillage couleur chair, à l'exception du nez. Enfin il traça des lignes noires autour de ses yeux.

À l'aide d'un crayon gras, il dessina une bouche aux coins baissés et un cercle rouge sur son nez. Ce matin, il n'aurait pas le temps de s'en mettre un faux. Il s'aspergea le visage avec un brumisateur. Un peu de bleu autour des yeux, pour avoir l'air plus effrayant, du mascara sur les cils, et le tour était joué.

Il s'admira dans le miroir en tournant la tête.

Que dirait sa mère aujourd'hui, si elle le voyait ? Quelque chose de désagréable, sans doute.

La vieille harpie.

Il mourait d'envie de sortir et de trouver quelqu'un, de voir un visage de jeune femme qui le regarderait. Mais pour le moment, il devrait se contenter de se maquiller. Le FBI le recherchait, ce qui l'inquiétait. Comment aurait-il pu savoir que la jolie étudiante qu'il avait repérée lors du défilé du Mardi gras était la fille de la directrice du FBI ?

— Je ne te ferai pas de mal si tu m'obéis.

Elle avait écouté, les yeux écarquillés. Elle ignorait qu'il ne comptait pas vraiment se servir du couteau. Mais c'était une bonne méthode : les femmes sont toujours terrifiées à l'idée d'être défigurées.

— Dis-moi que tu m'aimes.

Elle n'avait pas résisté. Il avait pris de plus en plus de plaisir. Peut-être l'aimait-elle, peut-être appréciait-elle. Comme la fille de Miami, ou celle de Louisville.

Il ne voulait pas se faire prendre et luttait pour se dominer. Il s'empêchait de toutes ses forces de partir en quête d'une autre femme.

Merilee et ce qui s'était passé sur le bateau ne comptaient pas. C'était différent.

4

En arrivant près de chez elle, Cassie, hors d'haleine et en sueur, ralentit et marcha tout le reste du chemin. Deux fois par mois, elle envoyait un chèque à Jim, et Key News pourrait bien se passer de ses services après le procès intenté par Pamela Lynch. Aussi avait-elle choisi un appartement pas trop coûteux, sommairement meublé, à l'est de Biscayne Boulevard. Un quartier moins chic que de l'autre côté de la rue, où s'alignaient pelouses bien tenues, palmiers et demeures de style espagnol.

Une fois rentrée, elle se prépara un café, alluma la télévision, déplia le *Miami Herald* sur la table de la cuisine et le lut de la première à la dernière ligne, non sans appuyer de temps à autre sur la télécommande pour changer de chaîne. Elle s'interrompit en voyant apparaître sur l'écran une carte de Floride d'un vert vif :

« *La journée sera chaude à Miami : les températures devraient dépasser 35 degrés, avec 80 % d'humidité.* »

Une autre carte succéda à la première, couvrant l'Atlantique et le golfe du Mexique, que le présentateur désigna du doigt :

« *On voit ici un orage tropical qui semble prendre de l'ampleur. Il se pourrait qu'il se transforme en cyclone. Nous garderons l'œil sur lui et ne manquerons pas de vous prévenir.* »

Cassie soupira. Si le cyclone survenait bel et bien, elle devrait en rendre compte : il risque toujours de provoquer des dégâts, voire des morts. Et s'il était vraiment destructeur, elle serait mobilisée toute la semaine à venir, et peut-être encore la suivante.

Elle avait prévu de prendre l'avion pour Washington, afin de voir Hannah pendant le week-end, puisque sa fille ne voulait pas venir. Ce n'était vraiment pas le moment de lui montrer que son travail passait avant.

Cassie jeta un coup d'œil à sa montre, songea à téléphoner à sa fille, puis y renonça. L'école allait bientôt reprendre, Hannah pouvait encore dormir très tard. Elle appellerait plus tard, du bureau.

Oui, se dit-elle en avalant son café, elles iraient toutes deux faire des courses. C'est ce que font les mères et les filles, non ? Voilà ce qu'il leur fallait : un peu de temps ensemble, à faire des choses ordinaires.

Et puis, si pénible que ce fût, il lui fallait bien admettre qu'elle voulait aussi revoir Jim.

Il lui manquait, avec sa voix grave, ses rides au coin des yeux quand il riait, le sentiment de sécurité qu'elle éprouvait quand il prenait sa main. Les mois précédents, elle avait passé bien des nuits sans sommeil, regrettant son absence à ses côtés.

Les derniers temps, ils s'étaient dit des choses très cruelles dont elle perdait peu à peu le souvenir, ne voulant plus penser qu'aux moments heureux qu'ils avaient passés ensemble. La première fois, elle l'avait aperçu lors de ce cours sur Shakespeare à la fac : la gravité qu'on lisait sur son visage tandis qu'il écoutait leur professeur parler de Roméo et de Juliette ! Il avait levé la main pour une intervention qui avait impressionné Cassie. La semaine suivante, elle s'était assise à côté de lui comme si de rien n'était. À la fin de l'année, ils étaient inséparables.

Quel printemps, vraiment !

Être amoureux à Washington quand les cerisiers sont en fleur... Ils avaient passé des heures à discuter autour d'un café ; ils se retrouvaient à la bibliothèque, pas seulement pour travailler.

Ces souvenirs qui lui étaient chers, comme les suivants. Un petit appartement avec un futon et des affiches de théâtre punaisées aux murs... Le plaisir d'aller dans les boutiques ou les salles des ventes, parce que c'était moins cher... Jim n'avait qu'un médiocre salaire d'enseignant, Cassie venait d'être embauchée comme assistante au *Washington Post* ; mais tous deux croyaient en l'avenir.

Ensuite, Cassie était entrée à Key News comme

documentaliste, avant de se retrouver productrice associée. Elle était douée, intelligente et de surcroît fort jolie. Deux ou trois ans avaient suffi pour qu'elle intervienne à l'antenne pendant les journaux télévisés du week-end.

Elle avait appris avec joie qu'elle était enceinte, tout en s'inquiétant des conséquences sur sa carrière.

Pour autant, son cœur avait failli exploser quand on lui avait montré Hannah à la maternité. Son congé de six semaines lui avait paru bien trop court. Mais elle ne pouvait nier qu'une grande part d'elle-même appartenait désormais au journalisme, qu'elle aimait travailler dans une atmosphère cordiale et stimulante.

Jongler entre les exigences contradictoires de sa famille et de sa carrière avait été très difficile : un numéro d'équilibriste qui ne pouvait pas durer. Elle aurait dû s'en rendre compte plus tôt : quelque chose devait céder.

« J'ai payé mes dettes ! songea-t-elle. Au centuple ! Cette fois, pas d'annulation ! Surtout pas de cyclone ! »

5

Un gobelet de café en main, Danny Gregg, adjoint du shérif du comté de Sarasota, entra dans le petit bureau situé sur la plage de Siesta Beach. Encore une journée qui s'annonçait très chaude, comme la semaine à venir.

Proche de la trentaine, bien bâti, le visage avenant, il était très satisfait de la carrière qu'il avait choisie. Il était l'un des dix adjoints affectés au secteur, avait des horaires assez souples, et l'occasion de vivre des expériences très diverses. Le soir, quand il rentrait chez lui, il savait toujours quoi répondre quand Colleen lui demandait ce qui s'était passé au travail. Un voleur arrêté dans une boutique de Siesta Village, un accident sur une bretelle d'autoroute, un enfant perdu sur la plage.

Et puis il disposait de quatre moyens de transport différents : une camionnette pour patrouiller dans les quartiers résidentiels, une bicyclette pour sillonner le village et s'assurer que tout allait bien dans les boutiques et les restaurants, un jet ski pour fendre les flots entourant la lagune, un 4 × 4 vert olive, avec d'énormes pneus, pour rouler sur le sable de la plage.

Il fixait lui-même son emploi du temps : personne ne vérifiait s'il était à tel endroit à tel moment pour faire telle chose. Ses supérieurs l'avaient nommé à ce poste parce qu'il leur paraissait consciencieux, capable de se débrouiller seul. Pas question d'avoir affaire à un paresseux profitant de tous les prétextes pour tirer au flanc.

Il posa le gobelet de plastique sur son bureau et ajusta le holster de cuir à sa ceinture. Il aimait jusqu'à son uniforme vert sombre, avec un tee-shirt blanc sur lequel était brodée la mention BUREAU DU SHÉRIF DU COMTÉ DE SARASOTA, ADJOINT D. GREGG.

Combien de représentants de la loi étaient vêtus comme s'ils s'en allaient jouer au golf?

Il descendait les stores quand le téléphone sonna.

— Rendez-vous sur la digue, on y a trouvé une main humaine.

— Pardon?

— La personne qui a appelé a dit qu'un jeune garçon avait trouvé une main coupée.

Danny monta dans son 4 × 4, en pensant à Colleen et à Robbie, leur fils de huit mois. Il aurait quelque chose à raconter à sa femme, ce soir!

L'engin traversa à vive allure la plage presque vide, laissant la trace de ses pneus sur le sable humide. Quelques rares promeneurs matinaux, des ramasseurs de coquillages, beaucoup d'oiseaux en quête de nourriture... Toutefois, en approchant de la digue, Danny constata qu'un rassemblement s'y était formé. Il descendit de voiture; les badauds s'écartèrent pour le laisser passer.

Un gamin aux cheveux très clairs, qui devait avoir neuf ou dix ans, se tenait à côté d'un amas d'algues. Danny eut l'impression de le connaître, sans pouvoir lui donner un nom.

— C'est moi qui l'ai trouvée, monsieur. J'ai remis les algues par-dessus, pour que le soleil ne l'abîme pas, dit le garçon avec orgueil en se penchant pour montrer sa trouvaille.

Le policier l'interrompit :

— C'est bien, petit. Je m'occupe de tout. Reculez, s'il vous plaît, tout le monde!

Les badauds firent quelques pas en arrière, voulant

rester assez près pour bien voir. Enfilant un gant de caoutchouc, Danny déglutit et souleva les algues.

Une main humaine, en effet. La puanteur était atroce. Dieu seul savait comment elle était arrivée là !

La foule grossissait à vue d'œil : tous ceux qui étaient venus à la plage ce matin voulaient savoir ce qui se passait.

Le policier se redressa :

— Circulez, dit-il, il n'y a rien à voir. Éloignez-vous, s'il vous plaît.

Personne ne bougea. Quel respect de l'autorité ! Il allait avoir besoin d'aide : ce n'était pas un travail pour un homme seul. Il appela le superviseur par radio :

— Je vais avoir besoin d'inspecteurs, ainsi que d'un médecin légiste.

En attendant qu'ils arrivent, il entama le travail de paperasse. Il prit un formulaire dans une boîte fixée à l'arrière de son véhicule et y inscrivit la date et l'heure, puis demanda son nom au gamin.

— Bayler. Vincent Bayler.

— Quel âge as-tu ?

— Onze ans.

« Un peu petit », songea Danny. Il avait l'air de passer beaucoup de temps dehors. Ses cils étaient presque blancs, comme les poils de ses bras et de ses jambes. Le policier le contempla longuement, toujours incapable de se souvenir où il l'avait vu.

— Adresse ?

— 603 Calle de Perú.

Ah ! Le policier avait répondu l'hiver dernier à un appel venu de cette maison. Vincent avait appelé police secours quand son petit frère avait eu une crise de toux. Oui, c'était bien ça. Le petit était atteint de mucoviscidose.

La mère avait chargé l'aîné de s'occuper de lui pendant qu'elle travaillait. Il fallait d'ailleurs bien reconnaître qu'elle était rentrée aussitôt que Vincent l'avait prévenue. C'est elle qui lui avait demandé de contacter la police.

Danny et elle étaient arrivés presque en même temps devant le minuscule bungalow. Il pleuvait, les lourdes gouttes de pluie tombaient à grand bruit sur le toit de tôle, couvrant presque la toux du cadet.

Le policier avait conduit toute la famille aux urgences de l'hôpital, où il avait laissé la mère et ses deux fils. Danny eut honte à l'idée de n'avoir jamais pris de leurs nouvelles par la suite. Il est vrai que c'était la veille de l'accouchement de Colleen. Il se souvint d'avoir contemplé Robbie, si petit, pour la première fois, en priant silencieusement pour que jamais il n'ait à endurer les souffrances du petit Bayler.

Danny regarda Vincent avec un respect mêlé de compassion. Pour un gamin de onze ans, il avait bien des responsabilités : ce ne devait pas être facile d'avoir un frère aussi malade. Il avait l'air trop triste et trop grave pour son âge. Et apparemment, le père n'était plus là.

Le policier ne pouvait pas savoir que Vincent se donnait le plus grand mal pour avoir l'air grave en répondant à ses questions. Il expliqua comment il avait trouvé la main, puis demandé à un jogger d'aller prévenir la police. Danny nota qu'il gardait les poings crispés dans les poches de son short. Mais il ignorait que le jeune garçon gardait dans la paume la bague ornée d'un rubis, qu'il avait arrachée à la main coupée avant d'appeler à l'aide.

6

Cassie prit une douche, s'habilla, se maquilla et prit le volant de sa Ford Explorer. Les grilles de sécurité entourant son immeuble s'ouvrirent au signal de la télécommande. Elle prit la direction de Biscayne Boulevard et s'arrêta à une station-service qui faisait office d'épicerie d'appoint : on y trouvait du lait, des jus de fruits, du pain et même un choix correct de vins — providence de l'honnête travailleuse ! Combien de fois s'était-elle arrêtée là, après une longue journée au bureau, pour en acheter une bouteille qui lui tiendrait compagnie pour le reste de la soirée ? Mieux valait ne pas s'en souvenir.

Elle inséra le tuyau d'essence dans le réservoir et repensa aux raisons pour lesquelles elle avait choisi ce modèle parmi toutes les voitures d'occasion, lors de son arrivée à Miami. Il était bon marché, elle aurait de la place pour tout ce qu'elle voudrait emporter : équipement de plongée sous-marine, clubs de golf... Autant d'activités qui pourraient décider Hannah à lui rendre visite... mais qu'elle n'avait jamais pratiquées. Sa fille avait refusé de la rejoindre.

— Manuel, dit-elle en réglant l'employé, je vais prendre un billet de loterie.

Il sourit :

— Vous vous sentez en veine, *señora* !

— Oui, en effet ! Vous ne pouvez pas savoir à quel point j'ai de la chance ! répondit-elle en s'efforçant de ne pas avoir l'air trop sarcastique.

Son bureau était au sud, à quelques kilomètres. Elle dépassa d'abord des églises, des centres commerciaux, puis de mornes motels anonymes.

Certes, Washington avait aussi des quartiers peu fréquentables. Mais à cette époque Cassie n'avait pas à les traverser en partant ou en revenant du travail. Sa vie avait changé du tout au tout et elle était encore sous le choc.

Et si elle avait l'impression d'être somnambule, que devait ressentir Pamela Lynch ? Diriger le FBI, c'est forcément vivre sous les regards. Mais les enjeux étaient encore plus de taille pour la première femme à occuper ce poste. Elle était censée faire son travail, chaque jour, et si la mort de sa fille était tragique pour elle, sa famille et ses amis, personne en fait ne s'en souciait. Si jamais elle commettait la moindre erreur, la presse ne l'épargnerait pas. Elle devait donc faire comme si de rien n'était, même avec le cœur brisé. Cassie se dit qu'elles étaient semblables, bien qu'elle-même s'en soit beaucoup mieux tirée. Si sa vie était un vrai gâchis, Hannah était bien vivante, elle. Peut-être Cassie réussirait-elle à se réconcilier avec sa fille.

Elle savait aussi que, pour le restant de ses jours, elle se reprocherait la mort de Maggie Lynch et la part qu'elle y avait prise. Il lui était toujours possible de se dire qu'elle avait fait son travail, que le grand public avait le droit de savoir que la directrice du FBI mettait en œuvre tous les pouvoirs de l'agence pour retrouver l'agresseur de sa fille. Mais une jeune femme à l'avenir brisé n'avait pu affronter un monde qui connaissait désormais son secret — grâce à Cassie.

Si seulement elle pouvait retourner en arrière.

Tout en s'inquiétant du procès qui lui était intenté, Cassie avait l'impression de l'avoir mérité. Après tout, si jamais Pamela Lynch avait contribué à la mort d'Hannah, l'attaquer en justice aurait été un médiocre substitut à l'envie de tuer qu'aurait ressentie Cassie.

La radio la tira de ses pensées :

« *L'ouragan du golfe du Mexique prend toujours plus d'ampleur. On l'a d'ores et déjà appelé : "Gisèle". On a relevé des vents de plus de 100 km/h.* »

Cassie sentit son estomac se nouer.

7

La plupart du temps, Etta Chambers revenait de ses sorties sur la plage avec un sac en plastique rempli de coquillages. Parfois elle découvrait une étoile de mer encore vivante qu'elle rejetait à l'eau.

Ce jour-là, cependant, elle n'avait pas rapporté

grand-chose : l'agitation sur la plage avait interrompu sa quête.

— Charles ! Charles ! s'écria-t-elle en arrivant devant la maison où elle vivait avec l'homme qu'elle avait épousé quarante-sept ans plus tôt. Où es-tu ?

— Ici, Etta. Comme chaque matin quand tu reviens de la plage !

Elle se dirigea vers la véranda où Charles, étendu dans une chaise longue, lisait le journal.

— Tu ne devineras jamais ce qui s'est passé ! lança-t-elle avant qu'il ait le temps de dire quoi que ce soit. On a trouvé une main de femme sur la plage ! Tu connais le petit Vincent, celui qui se promène toujours avec un détecteur de métal ? C'est lui qui l'a découverte !

Charles referma le *Sarasota Herald Tribune* et écouta toute l'histoire : le gamin, les algues, la police... Il fut impressionné par la description détaillée que son épouse lui donna de la main : il n'aurait jamais cru qu'Etta, si timorée, ait pu s'approcher d'aussi près pour observer tous ces sinistres détails...

— Elle était gonflée, certains doigts avaient disparu. Mais elle avait quelque chose de délicat, je suis sûre que c'est celle d'une femme, parce qu'il y avait encore du vernis rouge sur certains ongles. Ce ne devait pas être quelqu'un de notre genre, Charles, une petite araignée noire était peinte sur l'ongle du petit doigt...

Etta se tut un instant et frissonna :

— Ce n'est pas le genre de chose qui arrive souvent ici ! C'est précisément ce que nous avions voulu laisser derrière nous en venant ici.

— Etta, cela fait près d'un an que nous sommes ici, et c'est la première chose un peu excitante qui arrive !

— Excitante ? C'est horrible !

Il haussa les épaules :

— Comme tu veux... Mais ça ne veut pas dire que c'est une spécialité locale ! Et à dire vrai, ce n'est pas le genre de choses que nous voulions fuir en Virginie. Nous sommes venus ici pour échapper aux froidures hivernales, et aussi parce que la maison était trop grande depuis le départ des enfants. Plus besoin de balayer les feuilles, de déblayer la neige et d'ôter le givre des pare-brise !

Elle fit un geste agacé de la main :

— Charles, tu sais ce que je veux dire ! J'aime penser que nous sommes au paradis, et je ne veux pas que le crime vienne envahir notre petit monde. Nous avons travaillé dur et je veux simplement me reposer un peu et savourer la vie, sans m'inquiéter d'histoires de meurtres !

— Qu'est-ce qui prouve que c'en est un ? Peut-être s'agissait-il d'un accident ou d'un suicide.

— Quelle heure est-il ? demanda-t-elle brusquement.

— Bientôt neuf heures, répondit-il en jetant un coup d'œil à sa montre.

— Il faut que je prenne une douche !

Autant oublier la main pour le moment — du moins jusqu'à ce qu'elle aille au musée Ringling, où elle pourrait raconter l'histoire aux autres. Etta s'était portée volontaire dès leur arrivée ; elle tenait la boutique de souvenirs ou vendait les billets, et elle étudiait l'histoire du cirque afin de pouvoir servir de guide et de répondre aux questions sur la famille Ringling, surtout sur John Ringling, le fondateur du célèbre cirque.

— Tu n'oublieras pas de venir me retrouver à 11 heures et quart chez le Dr Lewis, n'est-ce pas, Charles ?

— J'y serai, Etta, ne t'inquiète pas.

Elle rentra dans la maison tandis que son époux se levait. Il alla lentement vers la cuisine, sortit un pack de jus d'orange du réfrigérateur et s'en versa un grand verre.

Il avait meilleur goût en Floride, pas de doute là-dessus. Comme les légumes, les fruits, le poulet...

Secouant la tête, il se rendit dans le séjour et alluma la télévision. Qu'il pense à ce point à la nourriture ne cessait de l'étonner. Pendant quarante ans, du temps où il était entrepreneur, il ne s'était guère soucié de ce qu'Etta lui servait le soir, du moment que c'était prêt quand il rentrait à la maison. Et désormais, c'est lui qui faisait les courses et même la cuisine !

Etta s'était créé une vie nouvelle ici, mais lui ? Elle se rendait utile au musée Ringling, s'était fait des amis... Il l'avait entendue bien des fois, au téléphone, décliner des invitations à déjeuner. Et quand il lui demandait pourquoi elle refusait, sa femme l'embrassait sur la joue et lui répondait qu'elle était venue en Floride pour passer avec lui le reste de ses jours. Tous deux savaient cependant qu'ils ne pouvaient rester ensemble en permanence : ils en deviendraient fous.

Sans doute serait-il plus sain que je me trouve quelque chose à faire, songea Charles en s'installant dans un fauteuil face à la télévision. Mais quoi ? Il n'avait jamais joué au golf et, à parler franc, la perspective de s'y mettre ne l'enthousiasmait guère. La pêche, peut-être ? Il faudrait qu'il aborde le vieux pêcheur qu'on voyait toujours sur la plage, et qu'il lui demande s'il accepterait de partager un peu de son savoir.

Le bulletin météo le tira de sa rêverie : une tornade se préparait dans le golfe du Mexique.

« *Les vents atteignent près de 50 km/h, c'est encore une simple dépression. S'ils accélèrent, c'est une tornade. Et quand ils atteignent près de 100 km/h ou davantage, c'est un ouragan. Restez à l'écoute, nous ne manquerons pas d'informer les résidents de Sarasota Bay des faits et gestes de Gisèle.* »

8

Cassie entra dans le parking souterrain de l'immeuble de quinze étages qui abritait le bureau de Miami de Key News, et salua l'employé d'un *Buenos días !* Elle gara sa voiture juste à côté de l'emplacement réservé au chef d'agence — on y lisait EL JEFE. Mais les derniers licenciements avaient rendu un tel poste inutile. Leroy Barry, le producteur, avait hérité de la fonction. Sa place de parking était vide.

Les journaux s'entassaient près de l'ascenseur : elle

les prit au passage. Le *Miami Herald*, le *New York Times*, *USA Today*, le *Washington Post*... Ce dernier lui pesait tout particulièrement, parce qu'il lui rappelait sa vie d'autrefois. Chaque matin, elle devait se forcer à le lire, alors qu'il y était si souvent question de gens qu'elle appelait par leur prénom, qui avaient toujours répondu à ses appels, et qui désormais ne voulaient plus la connaître. Elle avait eu de l'influence et du pouvoir — avant. Être en position de faiblesse était impardonnable dans un tel monde. Même ceux qui sympathisaient avec elle ne tenaient guère à être vus en sa compagnie, et Cassie le savait.

Une lépreuse...

Les choses auraient été différentes si elle avait prêté plus d'attention à sa famille et un peu moins à son travail. Des relations vraiment aimantes avec son mari et sa fille lui auraient donné de la force. Mais elle avait négligé Hannah et Jim, sans d'abord l'avoir voulu : tout à Key News paraissait si important... Il était si facile de se laisser entraîner... Il y a dans la télévision comme une adrénaline enivrante dont on finit par être l'esclave.

Une vraie drogue — et désormais, sans sa famille, le sevrage était horrible à supporter.

En lui apprenant quelle serait sa nouvelle affectation, Yelena Gregori avait tenté de présenter la chose sous un jour positif : mais Cassie se rendrait à Miami, et non à New York, comme il en avait été question — et les deux femmes savaient à quoi s'en tenir.

Un correspondant à Miami peut toujours espérer gravir les échelons; mais Cassie les redescendait.

Bien décidée à créer un précédent, Pamela Lynch réclamait 100 millions de dollars à la chaîne et à la jeune femme. Key News la soutiendrait tant que le procès serait en cours, mais ensuite, elle se retrouverait seule, sans l'appui de la compagnie pour laquelle elle travaillait depuis des années.

Elle composa le code de sécurité de son bureau, et la porte s'ouvrit en bourdonnant. Le lieu était sombre et déprimant : prévu pour des dizaines de personnes, il n'était plus occupé que par une poignée de journalistes et de techniciens. Les licenciements avaient profité à la valeur boursière de la compagnie, Cassie le savait — les actions qu'elle détenait lui seraient utiles lors de la procédure de divorce.

Son propre bureau était sur le côté de la salle de rédaction autrefois si animée. Elle y parcourut les journaux, releva son courrier électronique, consulta *Les grands titres du soir* sur son ordinateur. Elle eut la gorge nouée en apprenant que Valeria Delaney devrait passer à l'antenne depuis le ministère de la Justice. C'était une petite ambitieuse qui se donnait beaucoup de mal pour décrocher le poste de Cassie, officiellement resté vacant.

Elle décrocha le téléphone et composa un numéro en s'attendant à une nouvelle humiliation. Il lui fallait sans cesse proposer de nouveaux sujets, sans savoir si le bureau de New York serait intéressé.

— Bullock, dit simplement une voix à l'appareil.

— Range ? C'est Cassie Sheridan, dit-elle en ayant, comme toujours, l'impression d'être une écolière prise en faute — pourquoi diable ?

— Oui, Cassie. Qu'est-ce que tu as à me proposer ?

Elle savait parfaitement que c'était là un rituel, dont ni lui ni elle ne désirait reconnaître l'existence. Depuis son arrivée à Miami, il avait rejeté pratiquement tous les sujets qu'elle avait suggérés. Sous des raisons diverses, mais qui se réduisaient à une seule : on ne tenait pas à ce qu'elle passe à l'antenne — sauf pour des petits reportages que personne d'autre, à ce stade de sa carrière, n'aurait voulu accepter. Dont bien sûr ces fichues histoires de tornades et de catastrophes naturelles.

— Range, il y avait ce matin dans le *Herald* un article à propos d'une enquête du FBI sur le trafic de drogue à Miami. Je pourrais les appeler et voir ce qu'il y a à en tirer.

Il y eut un silence à l'autre bout de la ligne.

— Range ?

— Cassie, je crois qu'il vaudrait mieux que Valeria s'en occupe. Pourquoi ne pas la joindre et lui demander de voir ça avec le FBI ?

Décidément, l'humiliation de ce matin serait complète. Elle prit le stylo qu'elle tenait en main et se le planta dans la paume.

Range n'en avait pas terminé :

— Cassie, où en est la tornade dans le golfe du Mexique ? Vu la manière dont ça se présente, nous ferions mieux d'être prêts.

Elle s'était bien gardée d'y faire allusion, pensant que cela suffirait peut-être pour qu'on n'en parle pas. Cassie n'avait guère envie de penser à l'ouragan. Elle attendait avec impatience de retrouver Hannah. Qui n'avait que treize ans, quand sa mère n'en avait que trente-neuf. Cela leur laissait du temps pour arranger les choses.

Mais, à Miami comme à Washington, le travail passait avant tout.

9

L'arrivée d'une équipe de Suncoast News Network ajouta encore à la confusion régnant sur la plage. Ruisselant de sueur, Brian Mueller, le cameraman, suivit le journaliste.

— Ils n'ont pas pu retrouver le gamin qui a découvert la main, mais ils ont interviewé un adjoint du shérif et enregistré les réactions des gens sur la plage.

— Ce devait être un requin, dit une femme.

— Sacrée manière de commencer la journée ! lança un New-yorkais en vacances.

« Il a raison », songea Brian. Et la journée promettait d'être longue. Une fois qu'ils auraient assez de matériel, il faudrait retourner en toute hâte aux studios et être prêts pour midi. Ensuite, le responsable des nouvelles aurait la brillante idée d'exiger que le reportage soit mis à jour pour 18 heures, si bien qu'ils devraient manger un morceau en toute hâte et repartir chercher des éléments nouveaux, revenir aux studios, monter à toute allure... et ce n'était pas tout.

Brian devait également filmer, le soir, un gala de charité à la demeure Ringling, qu'on appelait la Ca d'Zan, à l'occasion duquel les Boys Next Door joueraient. Il lui faudrait filmer tous ces gens de la bonne société arrivant pour le cocktail... Il aurait de la chance s'il rentrait chez lui pour minuit.

— Ils ne me paient pas assez ! marmonna-t-il tandis que le journaliste qui l'accompagnait montrait du doigt les adjoints du shérif, qui s'éloignaient de la digue.

Brian souleva la caméra et la posa sur son épaule. Il la pointa en direction des policiers, mit au point et commença à tourner. L'un des hommes portait une boîte métallique, dans laquelle se trouvait la main. Répugnant.

Non, songea Brian, SNN ne me paie vraiment pas assez pour tout ce que je fais pour eux. Des journées de douze à treize heures de travail, de longs trajets en voiture, même pendant les périodes de creux. Mais ce genre de boulot lui donnait une certaine respectabilité. Il aimait raconter qu'il travaillait dans le journalisme, bien que l'essentiel de ses revenus lui vînt d'ailleurs.

La voiture de sport qu'il conduisait montrait assez qu'il gagnait bien sa vie, mais ses collègues de travail restaient perplexes. Chacun savait en gros ce que gagnaient les autres, et SNN ne versait pas à Brian Mueller de quoi s'offrir une Corvette, ni d'ailleurs le somptueux appartement qu'il occupait en bord de mer. Tous ignoraient qu'en fait il travaillait au noir pour Webb Morelle. Celui-ci payait bien, le travail était agréable — mais monter des films X n'était pas bien vu. Dès qu'on disait travailler dans le secteur de la vidéo porno, les gens vous prenaient pour un pervers.

Ce qui bien entendu ne les empêchait pas d'en regarder. Webb disait souvent que la pornographie était, aux États-Unis, une industrie plus prospère que le base-ball, le basket et le football réunis. Tout le monde en achetait, personne ne voulait le reconnaître.

« Brian ! Je crois que c'est lui ! » s'exclama le journaliste en désignant du doigt un gamin assez maigre qui traversait la route en direction de la digue, accompagné d'un homme à la moustache et aux cheveux blancs, mais d'allure robuste, en tenue de pêcheur. Quand ils parvinrent au pied de la digue, ils s'arrêtèrent. Brian filma l'enfant en train de faire de grands gestes tout en parlant à son compagnon.

Le journaliste s'approcha d'eux :

— C'est toi qui as trouvé la main ?

Vincent fit oui de la tête.

— Ça t'ennuie si je te pose quelques questions ?

Le vieil homme intervint :

— Qui êtes-vous ? Pour qui travaillez-vous ?

Pendant un instant, le journaliste resta bouche bée. Brian retint un sourire : son confrère était persuadé que tout le monde le connaissait à force de le voir à la télévision. « Mais ce n'est pas le cas, mon gars ! Remets-toi ! »

— Je m'appelle Tony Whitcomb, nous sommes de SNN. Le reportage doit passer à midi, et je suis sûr qu'il sera rediffusé ce soir.

Le pêcheur lui jeta un regard sceptique, mais le gamin parut ravi :

— Gédéon, dit-il, je vais passer à la télé !

— Peut-être devrais-tu d'abord demander à ta mère.

Vincent hésita. Whitcomb jeta un coup d'œil à sa montre :

— Nous n'avons pas beaucoup de temps, il va falloir retourner au studio. Je peux te laisser ma carte, tu pourras m'appeler et me dire si ta mère est d'accord ?

Gédéon haussa les épaules. Vincent entreprit avec enthousiasme de raconter son histoire devant la caméra. Mais, là encore, il ne parla pas de la bague.

10

Juste au moment où le bureau de Miami était connecté à New York, Leroy Barry sortit de son sac à dos une canette de Coca qu'il ouvrit. Après quoi il décrocha son téléphone et posa les pieds sur le bureau. Aucune chance qu'on le contacte, donc autant se détendre un peu.

Le rituel était le même chaque jour. La conférence avait pour fonction d'apprendre au personnel du bureau quels seraient les sujets, nationaux ou internationaux, diffusés lors du journal télévisé du soir, présenté par Elisa Blake. Le chef de l'agence de Los Angeles prenait la parole en premier, détaillant ce qui s'était produit dans la moitié Ouest du pays, puis venaient les responsables du Sud et du Nord, installés à New York, et qui avaient contacté les bureaux de Chicago, Dallas et Miami, à quoi venaient s'ajouter les informations glanées auprès des chaînes locales qui reprenaient le journal. C'était enfin le tour du responsable de Washington d'évoquer ce qui se passait dans la capitale, puis Range Bullock détaillait les sujets de politique étrangère et certains autres reportages.

Cassie était assise dans un fauteuil du bureau de Leroy, bloc-notes et crayon en main. La journée avait été chargée. Los Angeles avait envoyé dans le Montana une équipe qui couvrirait les feux de forêt qui y faisaient rage. Le Nord-Est du pays était accablé par une vague de chaleur. Washington avait présenté trois sujets qui avaient toutes les chances de passer à l'antenne : le Président revenait d'une réunion au sommet de l'OTAN, le Pentagone annonçait de nouveaux succès dans la lutte contre le terrorisme, le ministre de la Justice se promenait gaiement, pour des raisons purement privées, dans un avion loué aux frais des contribuables. Valeria Delaney se chargeait de rendre compte de cette dernière affaire : Leroy nota que Cassie semblait contrariée.

— L'Etna est en pleine éruption, ajouta Range. Gerald Mazza nous envoie des images très spectaculaires, avec des coulées de lave impressionnantes.

De son côté, Cassie nota que Leroy jouait avec son stylo d'un air absent. Mauvais signe : il était toujours en quête du scoop, n'ignorant pas qu'à New York, on tenait la liste de ceux suggérés par chaque bureau local. Plus il en proposerait, plus les négociations lors du renouvellement de son contrat seraient en sa faveur. Plus important encore, son ego tenait à ce que ses sujets soient diffusés régulièrement. Au cours des cinq derniers mois, c'était devenu de plus en plus rare, et il savait parfaitement pourquoi : New York ne voulait pas de Cassie. Leroy se retrouvait ainsi dans une position impossible, ce qui l'énervait considérablement.

Il appuya avec agacement sur un bouton, ce qui mit fin à la conférence.

— Avec un peu de chance, dit-il, l'ouragan va continuer à croître. C'est exaspérant de rester ici à ne rien faire ! Il me faut des nouvelles !

Cassie ne répondit rien.

***

Will Clayton répondit à l'appel de Cassie, comme chaque lundi depuis six mois. Il devait lui être reconnaissant — et peut-être prendre garde à l'avenir. Si jamais Pamela Lynch apprenait qu'il avait parlé de sa fille à Cassie, il serait grillé au FBI.

Jusqu'à présent, Cassie avait refusé de donner la source de ses informations, et Will préférait s'assurer qu'elle continuerait.

— Comment ça va ? demanda-t-il.

— Ça irait beaucoup mieux si tu avais du neuf.

— J'aimerais bien, Cassie, j'aimerais bien. Tu te doutes que la directrice est sur le pied de guerre.

— Will, je n'arrive pas à croire que vous n'ayez pas avancé.

— Cassie, je t'en prie ! Il n'y a que trois affaires sur lesquelles travailler. Une femme à Louisville en mai, une autre à Miami en novembre et Maggie Lynch en février. Il a vraiment un vaste secteur d'activité.

Cassie songea que la méthode était invariablement la même : une jeune femme suivie le soir jusque chez elle, réveillée brusquement, un couteau sur la gorge, un visage grimaçant de clown...

— Il peut avoir acheté son maquillage partout, poursuivit Will, et nous n'avons pas trouvé de nom qui se répéterait sur les listes des compagnies aériennes aux dates correspondant aux agressions. Les seuls indices dont nous disposons viennent des déclarations des victimes. Plus elles sont passives, plus l'agression se prolonge... Il dit à chaque fois qu'il ne leur fera pas de mal si elles se plient à ses exigences, il leur demande de dire qu'elles l'aiment... Tout ça laisse penser qu'on a affaire à ce qu'on appelle un violeur par compensation.

— Un quoi ?

— Ce n'est pas un violeur ordinaire. Son fantasme doit être de croire que la victime aime être violée, qu'elle est amoureuse de lui. Mais vu sa personnalité, ça ne fait, en définitive, que raviver les doutes qu'il a sur lui-même. Le gros problème, c'est de savoir quand ça va le pousser à recommencer.

À l'issue de leur conversation, Cassie raccrocha, mécontente. Il fallait arrêter cet homme avant qu'il ne brise la vie d'une autre femme. Peut-être se sentirait-elle un peu moins coupable, alors.

11

Lou-Anne était en route vers son salon de coiffure, la gouvernante avait emmené les enfants à la bibliothèque ; Webb Morelle était donc seul dans son spacieux appartement. Il se versa une troisième tasse de café, avec trois sucres, se coupa une part de gâteau puis, s'emparant d'une serviette en papier, descendit les marches qui, depuis la cuisine, menaient à la salle de projection. Il s'installa dans l'énorme sofa, posa les pieds sur la table basse — il était en pyjama — et actionna la télécommande.

Sur le grand écran incrusté dans le mur défila le générique : MERILEE MÈNE AU LIT, annonçait le titre, suivi de la mention UNE PRODUCTION WEB OF DESIRE.

Nouant le cordon de son peignoir de soie, Webb s'installa plus confortablement pour mieux apprécier le spectacle.

Le son était parfait, à tel point qu'il avait l'impression de prendre part à l'action. Il sourit, certain que le film serait un gros succès financier — un de plus !

C'était la seconde vidéo dont Merilee était la star. La précédente, *La vie n'est qu'un rêve*, avait été la plus grosse vente jamais réalisée par Web of Desire. Webb en avait écrit le scénario, mais bien entendu ce n'était pas la raison de ce triomphe commercial. Non, tout reposait sur Merilee, ses abondants cheveux noirs, sa peau veloutée, ses grands yeux bruns, son air joueur. La caméra l'aimait — et c'était réciproque !

Webb l'admira tandis qu'elle se serrait contre son partenaire, Van Jensen. Aucun doute : ce serait un succès, même si d'aventure c'était la dernière fois que Merilee tournait pour Web of Desire.

Il éteignit l'écran, jeta la télécommande sur la table et posa la tête sur le sofa, en contemplant le plafond et la fresque qui y était peinte. Lou-Anne avait payé très cher ces scènes retraçant l'histoire du cirque. Trapézistes, éléphants, clowns, le tout sous une tente étoilée... Cela avait d'ailleurs inspiré quelques-unes des nombreuses vidéos qui avaient fait de Webb un milliardaire.

Lou-Anne recevait souvent des femmes membres de diverses organisations mondaines ou caritatives. Si elles avaient su d'où venait l'argent payant les somptueux repas qui leur étaient offerts, ou l'épais tapis qui couvrait le sol !

Sa femme serait mortifiée si d'aventure elles apprenaient comment il gagnait sa vie. Sa secrétaire, à chaque appel, devait donc simplement répondre : « Ici la compagnie de production ». Il faisait également de gros chèques aux institutions charitables locales, trop heureuses de les accepter, et disait tourner des films pour stimuler les employés des grandes entreprises.

Il aurait parié qu'il gagnait plus d'argent que ses copains de fac sortis premiers de leur promotion et qui travaillaient pour les plus prestigieuses entreprises du pays. Comme la vie est surprenante ! Vingt ans plus tôt, il avait trouvé un petit boulot de vendeur dans une boutique de vidéo, et le reste appartenait à l'histoire. Il passait beaucoup de temps à répondre aux questions des clients, qui voulaient savoir comment s'y retrouver dans les films « adultes ». Les magnétoscopes entraient peu à peu dans les foyers américains, ce qui permettait un accès plus sûr, et plus anonyme, aux films pornographiques. Avant, les amateurs devaient se glisser furtivement dans des cinémas miteux; ils pourraient désormais rester chez eux. Ce qui promettait un phénoménal accroissement du marché. Au même moment, le sida avait découragé nombre d'hommes et de femmes de se lancer dans des aventures sans lendemain : le porno devenait l'équivalent du *safe sex*.

Webb flaira le filon et sut en tirer parti. Le marché des vidéos X deviendrait énorme. Pourquoi diable perdrait-il son temps à vouloir écrire, comme tant d'autres, le « grand roman américain », sans même être sûr de trouver un éditeur, et surtout un public? C'était bon pour ceux qui n'ont pas besoin de manger. Webb voulait mener la grande vie, ce qui coûte toujours très cher. S'il pouvait écrire et produire ses propres films, il savait qu'il aurait une audience toute prête qui ferait sa fortune.

Il avait d'abord demandé à ses camarades ce qu'ils aimaient le plus dans le porno : apparemment, des majorettes en jupette, des étudiantes en minijupe et sweat-shirt moulants... Il rédigea donc un script dans lequel un étudiant se rendait en cours et fantasmait sur la jolie fille assise juste devant lui. Ensuite, il dénicha un couple de jeunes gens prêts à tout pour un peu d'argent. Il filma leurs ébats lui-même, à l'aide d'une caméra « empruntée » au département audiovisuel de sa faculté. *Dolly à Dartmouth* devint un grand succès dans la communauté étudiante.

Et tandis que ses condisciples s'affairaient à trouver

des emplois bien payés dans les cabinets d'avocats et les grandes compagnies, Webb passa l'été à tourner d'autres films : *Yolanda à Yale, Harry à Harvard, Priscilla à Princeton*.

Après tout, l'Amérique est le pays des occasions à saisir.

La carrière de Webb avait progressé au même rythme que le porno. Après les étudiantes, les secrétaires — il interrogea, une fois de plus, ses anciens camarades de fac, désormais entrés dans la vie professionnelle. L'Amérique des grandes entreprises semblait avoir une vie fantasmatique intense. Il tourna ensuite une série intitulée *Les Balances de la justice*, dans laquelle les avocates n'étaient vêtues que de bas noirs et de hauts talons, tandis que les juges dissimulaient bien des choses surprenantes sous leurs longues robes...

Vingt ans, et bien des films, plus tard, l'empire de Webb comprenait un studio de production dernier cri à Sarasota, un site Internet et une entreprise de distribution à Miami, chargée de satisfaire les milliers de commandes arrivant chaque mois. Il était venu s'installer en Floride parce qu'il détestait les hivers glacés, mais aussi parce que cela lui permettrait de tourner toute l'année. L'endroit lui avait d'ailleurs inspiré bien des idées neuves. Il y avait eu la série du Cirque, celle des Pêcheurs et celle des Golfeurs — autant de gros succès. Ses acteurs témoignaient d'une créativité surprenante dès qu'ils avaient cannes à pêche et clubs de golf en main.

Son tout dernier projet, *Nuits de velours vénitiennes*, lui permettait de nourrir les plus grands espoirs. Il en avait rédigé le scénario en s'inspirant de l'architecture un peu vénitienne de la Ca d'Zan, et de la peau veloutée de Merilee. Ce soir, il y aurait à la demeure Ringling une réunion en vue de rassembler des fonds pour un projet littéraire. Tu parles ! Brian Mueller filmerait l'événement pour Suncoast News, tous les gros bonnets seraient ravis de se voir à la télé le soir — sans se douter un instant que des vues de l'endroit serviraient d'ouverture au prochain film de Webb.

Mueller avait reçu des instructions précises : tourner des plans supplémentaires des personnes présentes, de telle sorte qu'on ne puisse voir leurs visages. Une réunion d'invités en robe du soir et smoking, rassemblés sur la terrasse de marbre pour siroter des cocktails ou du champagne par une belle soirée d'été.

De quoi introduire la scène où deux d'entre eux se glissent furtivement dans le jardin voisin, sous la statue de bronze de Romulus et Remus tétant la louve.

Bien entendu, l'essentiel du film serait tourné ensuite, en studio, et les scènes de sexe montées avec les vues de la terrasse de façon à laisser croire qu'elles s'étaient déroulées le même soir. Pour que la transition se fasse en douceur, Webb avait prévu que ses acteurs se mêlent aux invités du cocktail. Il avait dépensé une petite fortune pour la robe de Merilee, et ne le regrettait nullement. Elle lui allait à merveille, comme il avait pu s'en rendre compte la semaine précédente. Le velours de ses épaules semblait répondre au tissu lamé, ses yeux bruns pétillaient quand elle rejetait sa chevelure en arrière. Elle était vraiment faite pour ce métier — encore que Webb sût que, dans des circonstances différentes, elle aurait tout aussi bien réussi dans un milieu plus respectable. C'est par accident qu'elle se retrouvait là — au mauvais endroit et au mauvais moment.

En tout cas, ce n'était pas une sotte. En découvrant que sa première vidéo s'était bien vendue, elle était venue trouver Webb en le menaçant d'aller frapper à d'autres portes s'il ne lui donnait pas une part des bénéfices sur la suivante. Il était hors de question qu'elle recommence ce genre de caprice.

Webb se leva et alla prendre la cassette dans le magnétoscope. Il fallait qu'il s'habille et se rende au bureau. Il devrait faire face à la situation et mettre Gloria au travail. Fort heureusement, elle avait la même taille que Merilee, et la robe lui irait tout aussi bien.

Il fallait bien qu'il remplace Merilee : cela faisait plusieurs jours qu'elle avait disparu.

12

Leroy Barry examina le site Internet de Sarasota en quête d'un endroit pouvant servir de base d'opérations quand ils couvriraient ce qui serait, espérait-il, un ouragan particulièrement dévastateur. Il lui fallait d'abord un cadre visuel : l'océan passait mieux à l'écran avec un quai ou une jetée où viendraient s'abattre les vagues. Des palmiers courbés par les vents seraient du meilleur effet.

Mais il fallait aussi prendre en compte certaines exigences techniques. Le camion dont ils feraient usage, et qui les relierait à un satellite, devait être parqué dans une zone protégée. Les caméras devaient rester à l'abri de l'humidité. Une suite d'hôtel avec des portes de verre coulissantes serait parfaite de ce point de vue. Cassie pourrait sortir sous la tempête tandis que Félix Rodriguez, le cameraman, la filmerait, bien au sec, de l'intérieur de la pièce.

Leroy s'était déjà rendu plusieurs fois à Sarasota. Comme il étudiait les hôtels, il se souvint d'une auberge, avec terrasses et parking couverts, qui faisait face à une marina de la baie donnant sur le golfe du Mexique. Oui, ce serait parfait. Ils auraient sous leurs fenêtres des bateaux secoués par les eaux furieuses. Il téléphona donc pour louer deux chambres à l'étage, et deux autres au rez-de-chaussée, toutes face à la mer.

Il faudrait aussi prévoir une couverture de tout l'État. Ces orages tropicaux étaient imprévisibles et se transformaient en cyclones même quand le service météo ne s'y attendait pas. Gisèle en prenait le chemin et Leroy ne voulait pas être pris au dépourvu. Qu'avaient-ils d'autre à faire, de toute façon ? New York ne les faisait passer à l'antenne que dans ces moments-là. Si cela continuait ainsi, quelqu'un là-bas pourrait se dire qu'on n'avait vraiment pas besoin d'un bureau à Miami. Une fois de plus, Leroy fulmina intérieurement à l'idée d'être encombré de Cassie Sheridan.

Il éteint son ordinateur et passa dans le bureau voisin. Elle était assise, sourcils froncés, à regarder un écran branché sur la chaîne météo. Elle leva les yeux quand Leroy entra et attendit.

— Rentre et prépare tes affaires, nous allons à Sarasota cet après-midi.

Elle eut un soupir qui ressemblait à un grognement.

Il plissa les yeux derrière ses lunettes :

— Cassie, ce n'est pas la bonne attitude. J'aurais cru que tu serais heureuse d'avoir une chance de passer à l'antenne. Dieu sait si j'y tiens !

— Je sais, Leroy, et je suis bien de ton avis. Nous savons à quoi nous en tenir, même si nous n'en parlons jamais.

Leroy aurait pu avoir de la peine pour elle, si son propre avenir n'était pas à ce point mêlé au sien. Mais elle avait une attitude défaitiste qui l'exaspéra.

— Écoute, Cassie, je n'ai pas envie de discuter de ce que devient ta carrière. Sortons de ce bureau et allons pêcher quelques infos. Allez, rentre chez toi, prépare tes bottes et ton ciré.

Elle se leva, éteignit le moniteur, prit son sac à main et sortit de la pièce en silence.

« Plus dure sera la chute », songea Leroy.

13

La population de Sarasota comptait un nombre important de retraités, ce qui assurait au Dr J. Harrison Lewis une activité prospère. Beaucoup de gens âgés souffraient de cataracte, et il avait la réputation d'être sans égal en ce domaine. Les affaires marchaient si bien qu'il fallait deux mois pour obtenir un rendez-vous, et six semaines de plus pour une opération.

Les délais auraient été plus courts si le Dr Lewis avait voulu travailler davantage. Mais la vie était courte ; à quoi bon toutes ces années de fac et d'internat si, après s'être assuré une belle clientèle, il ne pouvait savourer les fruits de son labeur ? Il avait donc demandé à ses infirmières de ne prendre personne après 14 heures, fermait son cabinet le mercredi et le week-end, et ne prenait jamais moins de six semaines de vacances par an. Il voulait avoir le temps d'apprécier le bateau qu'il venait d'acquérir et qu'il avait baptisé *Les grands yeux noirs*. Naviguer était sa véritable passion.

Ses patients trouvaient qu'il manquait un peu de chaleur humaine, tout en s'empressant d'ajouter que peu leur importait, du moment qu'il avait la main sûre et savait ce qu'il faisait. Il était par ailleurs célibataire, denrée de plus en plus rare, et bien des femmes avaient tenté de le séduire.

— L'opération ne prendra qu'une demi-heure, madame Chambers, mais mieux vaut compter que vous passerez trois heures à l'hôpital. L'anesthésiste veillera à ce que vous vous sentiez à l'aise. Vous resterez éveillée, mais vous ne sentirez rien.

Etta serra la main de Charles en attendant la suite.

Le Dr Lewis ne prit pas la peine de sourire ni de la gratifier de quelques paroles réconfortantes.

— L'infirmière me dit que nous avons une annulation de dernière minute, si bien que nous pourrions procéder à l'opération demain matin. Sinon, vous devrez attendre fin septembre ou début octobre. C'est à vous de choisir.

Etta et Charles se regardèrent.

— C'est toi qui décides, dit-il d'un ton apaisant.

— Je ne m'attendais pas à ça ! soupira-t-elle. Mais il vaudrait peut-être mieux en terminer tout de suite plutôt que d'attendre.

L'homme de l'art griffonna dans son carnet de rendez-vous :

— Très bien ! Demain matin, 10 heures ! Pas de maquillage, de bijoux ou d'épingles à cheveux ; veillez à porter des vêtements assez amples, confortables. Si vous prenez des médicaments, vous pouvez continuer.

Le Dr Lewis se leva et tendit la main à sa patiente.

— À demain, donc.

Etta et Charles quittèrent le cabinet sans trop comprendre ce qui leur arrivait. Le médecin, quant à lui, appela une infirmière pour qu'elle lui apporte son repas : il avait commencé tôt ce matin et mourait de faim. Il disposerait d'un quart d'heure avant le prochain rendez-vous. Juste le temps d'avaler une salade et de regarder le journal télévisé de la mi-journée.

14

— Hannah ? Bonjour, chérie. C'est maman.

— Oh, bonjour.

Il y avait dans la voix de sa fille un manque d'enthousiasme qui accabla Cassie.

— Comment ça va ? demanda-t-elle.

— Bien.

— Qu'est-ce que tu as fait, ces temps-ci ?

— Pas grand-chose.

— Tu es allée à la piscine ?

— Pas vraiment.

— Tu as joué au softball ?

— La saison est terminée, maman, dit la fillette d'un ton las. Mais elle se garda d'ajouter : « Tu ne le savais donc pas ? »

Cassie jeta un coup d'œil à son sac de toile tout en tirant sur le fil du téléphone. Elle n'avait aucune envie d'apprendre la nouvelle à Hannah, mais il le fallait bien. Attendre ne pourrait qu'aggraver les choses.

— Quel temps fait-il chez vous, chérie ?

Elle se sentait vraiment sotte, elle avait l'impression d'échanger des propos insignifiants avec une inconnue. Ce n'était vraiment pas une conversation entre mère et fille.

— Il faut très chaud et très humide, répondit Hannah d'un ton morne.

— C'est pareil ici. Un orage se prépare dans le golfe du Mexique, il a toutes les chances de se transformer en ouragan.

Pas de réponse.

— Hannah ?

— Oui ?

— Chérie, il va falloir que j'aille à Sarasota, au cas où il y aurait une tornade.

— Et alors ?

Sa fille tenait vraiment à ce que ce soit elle qui le dise.

— Alors, il se pourrait que je ne puisse pas venir ce week-end.

— Bien sûr, bien sûr, dit Hannah d'un ton sarcastique.

— Hannah, je t'en prie... Tu sais bien que je voudrais tant venir te voir !

— Oui, maman, évidemment.

— Hannah, je suis navrée. Mais je n'y peux rien. Tu sais comment ça se passe, chérie. C'est mon boulot.

Elle fut tentée d'ajouter que cela payait les visites aux boutiques de vêtements, mais réussit à tenir sa langue.

— Oui, maman, je sais. C'est ton boulot, comme toujours.

Que répondre ? Hannah avait raison et toutes deux le savaient.

— Écoute, si je ne peux pas venir ce week-end, j'essaierai le suivant.

— Ce ne sera pas possible, maman. Papa et moi partons en week-end.

— Ah bon ? Où ça ?

— À Rehobeth.

Cassie comprit aussitôt. Gillian Cox, la principale

du lycée où travaillait Jim, y avait une maison sur la plage, où tous trois s'étaient d'ailleurs rendus à plusieurs reprises, autrefois...

— Chez Mme Cox ?

— Mh-mh.

— C'est bien, dit Cassie, en essayant d'avoir l'air enthousiaste.

— Autant t'avertir, maman. Elle et papa sortent ensemble.

Hannah devait en souffrir ; elle voulait donc faire souffrir sa mère.

Elle y parvint à merveille.

15

Vincent fit irruption dans la cuisine, hors d'haleine :

— Maman ! Maman ! Je vais passer à la télé ! Dépêche-toi, allume le poste !

Wendy Bayler étalait du beurre de cacahuète sur du pain. Elle n'eut pas le temps de répondre : son fils fit volte-face et se rua vers le séjour, où elle le suivit après s'être essuyé les mains sur une serviette en papier.

— Dépêche-toi ! s'exclama-t-il. On va parler de moi !

Il espéra qu'elle ne songerait pas à lui dire qu'il aurait dû lui demander la permission. Il était trop tard, de toute façon.

Mark survint pour voir ce qui se passait. La première réaction de Wendy fut de lui dire de rester dans sa chambre, mais Vincent paraissait si excité ! Autant ne pas gâcher ce moment. Pour une fois, ils seraient comme tout le monde, ils se contenteraient de savourer l'instant. Elle s'assit avec ses enfants sur le sofa défraîchi et regarda le début du journal télévisé.

— Ce matin, dit le présentateur, Siesta Beach a été la scène d'une découverte macabre. Un jeune garçon a trouvé une main humaine. Notre reporter Tony Whitcomb l'a rencontré.

Stupéfaite, Wendy se tourna vers Vincent, qui gardait les yeux fixés sur l'écran, fasciné.

— Chaque matin, dit le journaliste, Vincent Bayler, onze ans, se promène sur la plage avec son détecteur de métal, en quête de pièces de monnaie et de trésors enfouis. Mais aujourd'hui n'était pas un jour comme les autres.

Vincent fit son apparition à l'écran :

— Le détecteur s'est mis à bourdonner au-dessus d'un amas d'algues. Je l'ai soulevé et c'est comme ça que je l'ai trouvée.

— Quoi donc ?

— La main.

Wendy se dit qu'il aurait mieux valu demander à Mark de rester dans sa chambre. Son fils cadet se serra contre elle et eut une quinte de toux.

— Danny Gregg, adjoint du shérif de Sarasota, a été le premier policier sur les lieux, poursuivit le journaliste.

Wendy le reconnut : il était venu à la maison l'année dernière, le soir où Mark avait été si malade.

— J'ai appelé mes supérieurs qui ont envoyé des collègues sur place, dit Danny. La main a été portée au laboratoire, nos experts vont l'examiner, en quête d'éléments ou d'empreintes digitales. Et nous consulterons la liste des personnes disparues ces dernières semaines.

— Est-ce que ce ne sera pas difficile d'obtenir des empreintes ? demanda le journaliste. Vincent dit que la main était vraiment en mauvais état.

L'enfant refit son apparition :

— Elle était toute gonflée, on aurait dit que les poissons l'avaient mordue. Peut-être même des requins ?

Le journaliste reprit la parole :

— Selon la police de Sarasota, il ne s'agit pas d'une attaque de requins. On nous a dit que la main avait été sectionnée très proprement. Tony Whitcomb, Suncoast News Network, Sarasota.

— C'est bien, non ? dit Vincent à sa mère.

— Non... c'est horrible ! répondit sa mère en le regardant.

Son fils l'inquiétait. Un gamin comme lui, tout excité à l'idée d'avoir trouvé une main sectionnée ? Il est vrai que mieux valait qu'il y voie une aventure extraordinaire et pas quelque chose de traumatisant.

Une nouvelle quinte de Mark mit un terme à ses considérations.

— Allons, mon grand, dit-elle en l'entourant de ses bras pour le soulever. Retourne dans ta chambre et je t'apporterai un plateau-repas.

— Tu resteras avec moi pendant que je mange ?
— Bien sûr ! Allez, vas-y !
Une fois qu'il eut refermé la porte de sa chambre, Wendy se tourna vers son aîné :
— Vincent, explique-moi quelque chose. Pourquoi diable ton détecteur s'est-il mis à sonner ?
L'enfant prit un air innocent :
— Comment ça ?
— Il n'y a pas de métal dans une main. Alors pourquoi ton détecteur a-t-il sonné ?

16

Dans son petit bureau sur la marina, Jerry suivait avec la plus grande attention le bulletin météo du journal télévisé. Montrant du doigt la carte électronique, le présentateur annonçait que Gisèle se dirigeait vers la Floride. Il ajouta aussitôt qu'on la tenait à l'œil, et que les téléspectateurs seraient informés de son évolution :

« *Bien entendu, il n'est pas question de paniquer ! Mais il faut vous tenir prêts : vérifiez quelle est votre zone d'évacuation ; elle figure sur le cadran de votre téléphone. Voyez quel trajet vous devez suivre, quels sont les abris proches de chez vous. Et souvenez-vous qu'il est impossible de savoir à l'avance quelles routes seront fermées !* »

Jerry Dean eut un grognement avant de sortir sur le quai pour jeter un coup d'œil aux bateaux oscillant doucement sur les eaux vertes. Il y en avait près de deux cents dans sa marina. Nombre d'entre eux appartenaient à des gens de la région, les autres à des richards qui ne vivaient pas en Floride et n'en faisaient usage qu'à l'occasion des vacances. En tout cas, tous devraient être protégés aussi minutieusement que possible, pour survivre aux vents violents et aux tempêtes. Jerry savait toutefois qu'en dépit de tous ses efforts, les pertes seraient lourdes si l'ouragan était trop fort.

Ce ne serait pas la première fois. Lors du dernier cyclone, il avait été pris de court, et des dizaines de bateaux avaient coulé ou subi de gros dégâts. La tempête les avait arrachés à leurs amarres, avant de les projeter, comme de simples jouets, contre le pont où passait l'autoroute, jusqu'à ce qu'ils soient réduits en miettes. Bien entendu, nombre de clients de Jerry l'en avaient rendu responsable. Certains d'entre eux étaient allés voir ailleurs. Il lui avait fallu trois ans pour que les affaires reviennent à leur niveau antérieur. Il n'y serait d'ailleurs jamais arrivé s'il n'avait pas loué discrètement certains bateaux qui ne lui appartenaient pas.

L'horizon était dégagé, le soleil brillait : il était difficile de croire qu'une tempête se préparait quelque part, prête à fondre sur eux. Jerry ôta sa casquette de base-ball et s'essuya le front. Il avait devant lui quelques jours de préparation qui promettaient d'être longs. Bien entendu, l'ouragan pouvait toujours disparaître comme il était venu. Cette fois, en tout cas, il ne se laisserait pas surprendre.

Le téléphone sonna et Jerry rentra dans son bureau.

— Ici la marina.

— Jerry? C'est Webb Morelle. Je voulais simplement m'assurer que tout était prêt pour ce soir.

— Oui, Webb. Votre bateau est ravitaillé et prêt à partir.

— Super! Merci! Vous êtes toujours disponible pour nous emmener là-bas?

Jerry n'avait aucune envie de servir de chauffeur à Webb et à son épouse pour ce gala de charité qui se déroulait à la Ca d'Zan. Ce n'était vraiment pas le moment! Mais Webb était un bon client qui payait toujours rubis sur l'ongle, et il était hors de question de lui refuser quoi que ce soit.

— Oui, oui, tout est prêt.

— C'est parfait! Lou-Anne meurt d'envie d'arriver par bateau et de faire une entrée grandiose, et je ne veux pas qu'elle soit déçue!

— Je comprends, Webb, répondit Jerry en veillant à dissimuler sa lassitude. Six heures du soir, c'est ça?

— Oui, mais comme je connais Lou-Anne, nous serons sans doute en retard!

— Je serai là.

Jerry allait raccrocher quand Webb ajouta :

— Je pense que nous serons accompagnés de deux ou trois invités.

— Comme vous voudrez, Webb, comme vous voudrez.

17

La main de Siesta Beach ne pouvait appartenir qu'à Merilee, il en était sûr.

Fondre sur ses victimes calmait un peu l'angoisse qui bouillonnait en lui depuis des années et, une fois apaisé, il lui suffisait de disparaître. Il avait fait bien des choses horribles et brutales, mais jamais tué.

Il ne l'avait pas voulu.

Quand il avait vu la vidéo de Merilee, il avait su aussitôt que la vie qu'elle menait n'était pas celle qui lui convenait. Sans doute ne le savait-elle pas encore, mais être avec lui la libérerait — et le libérerait par la même occasion, il en était persuadé. Cela lui permettrait d'espérer ne pas être contraint de recommencer ce qu'il avait fait aux autres filles.

Merilee s'était montrée suffisamment intéressée pour l'accompagner, cette nuit-là, en bateau, sur les eaux noires du golfe. Tout allait si bien ! Elle avait été ravie de la bague quand il la lui avait passée au doigt.

Il n'avait pas pu s'en empêcher : il était si excité qu'il le fallait, pour quelques minutes, histoire de se détendre. Il était descendu aux toilettes, mais avait passé trop de temps à se maquiller. Il comptait évidemment se nettoyer le visage avant de remonter sur le pont, mais le sort en avait décidé autrement.

Si seulement elle n'était pas venue ouvrir la porte, si seulement elle ne l'avait pas vu ! Si seulement elle l'avait aimé comme il avait besoin de l'être !

Il ne put supporter de la voir s'enfuir, remonter en

courant sur le pont. Il l'avait suivie, voulait s'expliquer, arranger les choses. Mais elle avait exigé qu'il la ramène à terre.

« Ne me touche pas, espèce de malade ! » Ses paroles lui résonnaient encore aux oreilles.

Il l'avait frappée au visage, elle était tombée, s'était heurté la tête au bastingage. Et elle l'avait repoussé quand il avait voulu la prendre dans ses bras.

Toute la fureur qu'il avait accumulée depuis des années, née de son propre mépris de soi, se mit à bouillonner en lui, et explosa en un coup violent qui la projeta par-dessus bord.

Quand il lança le moteur, il entendit un bruit sourd. Il fut pris de nausées à l'idée que peut-être l'hélice avait tailladé son corps superbe.

Peut-être l'avait-il libérée, en définitive. Oui, Merilee était libre, désormais.

Mais lui restait là, prisonnier de ses désirs et de son désespoir. Et une fois de plus, les médias s'intéressaient à lui.

Il lui fallait trouver un exutoire.

Il songea à l'infirmière, qu'il avait déjà repérée depuis un certain temps. Très jolie. Il l'avait remarquée en allant au service de pédiatrie de l'hôpital. Elle était ravie qu'il vienne distraire les enfants.

Il l'avait attendue dans le parking après sa journée de travail, pour mieux la voir. Il l'avait même suivie au supermarché où elle s'était arrêtée en rentrant chez elle. Il avait volontairement heurté son Caddie avec le sien, non sans s'excuser longuement. Elle ne l'avait pas reconnu, sans son maquillage de clown. Elle n'avait pas paru s'intéresser à lui.

Mais, songea-t-il plein d'espoir, elle l'aimait bien quand il était maquillé.

Sévir là où il vivait ne lui plaisait guère. Mieux valait frapper ailleurs, mais il se passerait sans doute quelques mois avant qu'il ait l'occasion de quitter Sarasota.

Il se demanda s'il pourrait tenir jusque-là.

18

Il était à peu près sûr que sa mère avait cru à ses explications hâtivement concoctées : la présence d'une capsule métallique à côté de la main avait dû déclencher le détecteur. Vincent fut pourtant heureux, pour une fois, que Mark se mette à tousser : elle avait aussitôt cessé de lui poser des questions pour s'occuper du cadet.

Vincent s'empara de son sandwich au beurre de cacahuète et lança :

— Je sors, m'man !

Puis il se dirigea vers la plage, où il trouva Gédéon sur la digue.

— Ça mord ? demanda-t-il en s'asseyant à côté de lui.

— Pas beaucoup, répondit le vieil homme en montrant le seau vide. J'ai pris un ou deux poissons-chats, mais je les ai rejetés à la mer.

Vincent hocha la tête, sachant que Gédéon préférait les prises de choix.

— Tu t'es vu à la télé ? demanda-t-il.
— Ouais.
— Ta mère t'a vu ?
— Oui.
— Qu'est-ce qu'elle a dit ?
— Elle voulait savoir pourquoi mon détecteur de métal avait réagi, alors qu'il n'y a pas de métal dans une main.
— C'est une bonne question ! dit Gédéon en lançant sa ligne. Je crois que la police va se la poser aussi.
Le jeune garçon resta silencieux.
— Tu as peut-être quelque chose à me dire, Vincent ?
— Je crois que oui, dit l'enfant.
Fouillant dans ses poches, il en sortit la bague ornée d'un rubis et la tendit au vieil homme.

19

Ça ne s'appelle pas Alligator Alley pour rien, songea Cassie en contemplant, depuis la voiture, le canal qui longeait l'autoroute. Des dizaines d'entre eux paressaient sur les rives, à se chauffer au soleil. D'énormes oiseaux noirs étaient pendus aux arbres parsemant le paysage, les ailes déployées, comme de gigantesques chauves-souris. La scène était vraiment surréaliste ; elle frissonna.
— Des *anhingas* ! lança Leroy.

C'était la première fois qu'il disait quelque chose depuis leur départ de Miami. Félix les suivait dans le camion.

— Des quoi ?

— Ces oiseaux sont des anhingas. Ils plongent dans l'eau pour se nourrir, et ensuite ils s'installent dans les arbres et ouvrent leurs ailes pour se sécher.

— Ils ont vraiment l'air sinistre ! répondit simplement Cassie.

N'ayant aucune envie de poursuivre la conversation, elle se remit à observer ce qui les entourait. Un alligator plongea dans les eaux boueuses, un autre ouvrit grand la gueule comme pour bâiller. À mesure qu'ils se rapprochaient de la côte, elle sentit son estomac se nouer.

Ainsi donc, Mme Cox, qui était veuve, et Jim Sheridan, bientôt divorcé, sortaient ensemble. Magnifique ! Cassie en aurait moins souffert si Gillian Cox n'avait pas été quelqu'un d'aussi agréable ; elle l'aimait beaucoup. Une femme intelligente, compétente, avec beaucoup d'humour — et de surcroît très jolie. Pas étonnant que Jim y ait été sensible. Cassie se tortura à imaginer Hannah en leur compagnie dans un restaurant de fruits de mer, dégustant une langouste et riant. Comme si Gillian Cox était sa mère.

« Mais qu'est-ce qui t'arrive ? se dit-elle tandis que la voiture fonçait sur l'asphalte surchauffé. Arrête ! »

20

Anthony traversa le parking à côté du musée du cirque, en avançant sur ses petites jambes torses. Il devait servir de guide à 14 heures et aimait arriver en avance. Aujourd'hui, il était presque en retard ; il avait donné un coup de main pour les préparatifs de la soirée qui devait se dérouler le soir même. Sa mère aimerait voir ça. La demeure était à deux cents mètres à peine.

Si on doit faire quelque chose, autant le faire bien.

C'est ce qu'elle lui avait toujours dit. Il l'adorait, et savait qu'elle avait tout fait pour qu'il puisse assumer son combat de vie.

Elle ne semblait pas avoir de peine pour lui, ou du moins n'en montrait jamais rien. Elle l'avait encouragé à travailler à l'école, à faire du sport, à avoir des amis — ce qui n'était pas facile. Les enfants pouvaient se montrer très cruels, et ils avaient toujours un peu peur de ceux qui n'étaient pas comme eux. Ils exprimaient leur angoisse par des remarques féroces et des mises à l'écart douloureuses. Mais Anthony apprit très tôt que, si sa mère était toujours prête à sécher ses larmes, elle n'entendait pas qu'il se replie sur lui-même. Il lui faudrait apprendre à vivre dans le monde tel qu'il était : peuplé de gens « normaux » qui semblaient croire que les « nains » étaient là pour les amuser.

Anthony aperçut une bicyclette appuyée contre un mur et, bien entendu, Vincent l'attendait à l'entrée.

— Encore toi ? lui demanda-t-il en souriant malgré lui.

— Anthony ! Tu ne devineras jamais !

Le nain jeta un coup d'œil dans l'entrée, où un petit groupe attendait déjà.

— Tu me raconteras tout, mais après la visite !

L'enfant revenait sans arrêt, fasciné par tout ce qui concernait le cirque. Il avait accompagné Anthony plus d'une fois pendant qu'il faisait visiter le musée. Le nain le laissait entrer gratuitement. Peut-être n'était-ce pas une bonne idée. Le gamin n'en avait jamais assez. Il aurait dû aller jouer dehors avec les autres, mais il passait tous ses après-midi dans un musée qu'il connaissait par cœur — sans doute pourrait-il faire un bon guide ! Mais Anthony comprenait d'autant mieux cette fascination qu'il la partageait.

Les visiteurs se rassemblèrent autour de lui, et il commença :

— Pendant trente-trois ans, de 1927 à 1960, le cirque des frères Ringling, et celui de Barnum & Bailey, sont venus passer leurs quartiers d'hiver à Sarasota. Et pendant qu'ils tournaient dans tout le pays, ils faisaient savoir que Sarasota était la plus belle ville de Floride, si bien que des milliers de touristes venaient, non seulement profiter du climat, mais aussi découvrir un peu les coulisses du monde du cirque.

Tous passèrent d'une pièce à l'autre, tandis qu'Anthony poursuivait ses commentaires.

— Au départ, dit-il en montrant les moulages de visages de clowns célèbres, « clown » désignait un rustaud campagnard. Mais comme le disait le grand

Phineas T. Barnum : « Les éléphants et les clowns sont les clous auxquels le cirque est accroché ! » Il y a trois grands types de clowns : le clown blanc, qui joue l'homme sérieux, l'auguste au gros nez rouge, qui fait le pitre, et ce qu'on appelle le clown de caractère, qui incarne un personnage, souvent de clochard ou de vagabond.

— Comme Charlot ? demanda quelqu'un.

— Exactement !

Il leur montra l'énorme canon monté sur un camion, qui projetait en l'air les célèbres Flying Wallendas :

— Le mécanisme est un secret de famille bien gardé ! chuchota-t-il d'un air entendu.

Il expliqua la différence entre éléphants d'Afrique et d'Asie (« les premiers ont des oreilles beaucoup plus grandes ») puis, dépassant les cages des tigres et les orgues de Barbarie, conduisit le petit groupe dans une grande salle remplie d'authentiques caravanes de cirque, au milieu de laquelle trônait un modèle réduit de cirque devant lequel il prit congé de ses visiteurs, les laissant s'extasier devant la minutie et l'exactitude des détails.

— Je meurs de soif, gamin ! Allons boire un coup !

Le petit homme et l'enfant se rendirent dans le restaurant du musée, installé à l'ombre d'un gigantesque banian. Vincent put enfin expliquer ce qui s'était passé ce matin.

Anthony siffla d'étonnement.

— Et je suis passé à la télé ! ajouta le jeune garçon avec enthousiasme.

— C'est dommage que j'aie manqué ça !

— Ça repassera ce soir, tu pourras regarder!

Anthony acquiesça de la tête, mais Vincent eut l'impression qu'il pensait à autre chose : son regard était tourné vers la Ca d'Zan.

— Tu me donneras une leçon de maquillage? demanda-t-il pour capter son attention.

— Une autre fois, Vincent. Aujourd'hui, ce n'est pas possible. Il faut que j'aille à l'hôpital voir les enfants.

Le jeune garçon fut un peu déçu. Tant pis : il irait en bicyclette jusqu'à la marina et y passerait l'après-midi.

21

La bague avait trop fière allure pour qu'il aille voir le type de Tamiami Trail, comme d'habitude. Il faudrait pousser jusqu'à St. Armand's Circle, et Gédéon savait qu'il valait mieux s'y préparer. Il se rasa avec soin, se tailla la moustache, se nettoya les ongles et peigna longuement sa chevelure blanche. Puis il enfila son seul pantalon convenable et une chemise de sport à col ouvert, dans la poche de laquelle il glissa la bague.

Il partit dans sa vieille Plymouth, très excité. De toute évidence, la bague valait beaucoup d'argent. Mais la police avait ouvert une enquête : il fallait se montrer prudent; peut-être ne devrait-il même pas chercher à la vendre.

Vincent est un gentil garçon, pensa-t-il comme pour se justifier, sa mère une femme très bien qui se donne du mal pour ses fils. L'argent leur serait très utile. Donner la bague à la police pourrait permettre d'identifier la main, mais ça n'aiderait pas Vincent, qui après tout l'avait trouvée. Que les flics se débrouillent.

Gédéon mit un certain temps avant de trouver un endroit pour garer sa voiture, qu'il ne prit pas la peine de fermer à clé. Les voleurs éventuels seraient sans doute plus intéressés par les BMW et les Mercedes bordant les trottoirs.

Il dépassa les boutiques de souvenirs et parvint à la bijouterie. Il y régnait une fraîcheur presque glaciale qui était la bienvenue après l'écrasante chaleur du dehors. Un homme bien vêtu s'affairait à déplacer colliers et bracelets en vitrine.

— Puis-je vous aider, monsieur ? demanda-t-il, avec un regard quelque peu condescendant sur la tenue de Gédéon.

— J'ai là une bague et j'aimerais que vous y jetiez un coup d'œil.

— Certainement ! Venez par ici, dit le bijoutier en désignant le comptoir.

Le vieil homme sortit la bague et la déposa sur un support de velours bleu. Le bijoutier examina les reflets de la lumière sur la pierre.

— Un bien bel objet !

— Combien vaut-elle ?

Leslie Sebastien le savait parfaitement : c'est lui qui l'avait vendue. Mais comment diable se retrouvait-elle en possession de ce vieil homme ?

22

Une fois dans sa chambre d'hôtel, Cassie ne prit pas la peine d'ouvrir son sac. À quoi bon, alors qu'ils pourraient être amenés à partir en toute hâte ? Elle en sortit pourtant quelques tee-shirts, un ciré jaune, des bottes en caoutchouc, qu'elle plaça dans la penderie. Quelle classe elle aurait, ainsi vêtue !

Elle alluma la télévision et sélectionna Key News. Elle avait encore un peu de temps avant les nouvelles de 18 heures, autant s'informer de l'évolution de Gisèle. Elle appela la réception pour commander du vin et un sandwich à la dinde. Que Leroy aille, avec Félix, dans ce restaurant de St. Armand's Circle dont il parlait avec enthousiasme : elle n'avait aucune envie de se joindre à eux.

Elle s'allongea sur le lit et s'empara du téléphone. Il y avait une faible chance pour que l'avocat de la chaîne soit encore dans son bureau new-yorkais.

— Glenn Jones, dit la voix.

— Glenn, c'est Cassie Sheridan. Je voulais simplement savoir si d'aventure il y avait du nouveau.

— Cassie, nous avons déjà parlé de tout ça, non ? Ce sont des choses qui prennent du temps. Cessez donc de vous ronger les sangs.

Il avait raison, bien sûr. L'affaire traînait depuis des mois, Key News et Cassie ayant d'abord demandé à la cour le rejet de la plainte de Pamela Lynch.

— Glenn, c'est facile à dire ! Quel que soit le résultat, vous garderez votre emploi et votre demeure !

Glenn n'était pas seulement un avocat de premier

ordre, il savait aussi apaiser les inquiétudes de ses clients :

— Oui, c'est vrai. Mais je les conserverai parce que nous allons gagner. N'importe qui peut déposer plainte pour n'importe quoi, Cassie. Pamela Lynch est un personnage public, il est donc normal que vous ayez parlé d'elle. Nous en avons déjà discuté, d'ailleurs !

— Mais ce n'était pas le cas de sa fille... Maggie Lynch a non seulement vécu l'horreur d'un viol, mais en plus tout le pays l'a appris en regardant la télé ! Elle n'a pas pu le supporter.

— Cassie, voyons ! Je vous le dis en tant qu'avocat mais aussi en tant qu'ami, cessez de vous sentir coupable. Si, faute d'accord, nous nous retrouvons en justice, vous serez appelée à témoigner, et il vaudra mieux avoir la tête froide. Vous avez fait part de la nouvelle, rien de plus.

Cassie ne répondit rien.

— Bon, dit Glenn d'un ton patient. Il aurait sans doute mieux valu ne pas donner son nom. Mais nous pourrons toujours faire valoir que si vous ne l'aviez pas dit, les gens auraient compris. C'était la fille unique de Pamela Lynch, et si celle-ci avait comme objectif, *pour cette raison*, de faire figurer son agresseur sur la liste des dix personnes les plus recherchées, les citoyens avaient le droit de le savoir.

À écouter l'avocat, tout cela paraissait plein de bon sens. Il poursuivit :

— Et la chaîne doit faire cause commune avec vous. Pour commencer, c'est un de ses responsables, à savoir Range, qui a pris la décision de lâcher l'info.

En second lieu, cela pourrait constituer un redoutable précédent pour les médias, qui seraient amenés, par crainte des procès, à garder des infos sous le boisseau. Tout cela implique le premier amendement, et Key News doit se battre et l'emporter.

— Très bien, dit-elle, un peu rassurée. Vous me tiendrez au courant ?

— Promis. Où êtes-vous, en ce moment ?

— À Sarasota, on attend le cyclone...

— Très classe ! Accrochez-vous, et cessez de vous inquiéter. Nous avons les choses bien en main.

Comme elle raccrochait, on frappa à la porte. Elle se leva, prit son sac et en sortit de quoi payer le serveur qui lui apportait son plateau. Rapidement, elle but un verre de vin, puis un autre. Elle monta le son de la télévision pour écouter l'histoire du petit garçon qui, le matin même, avait trouvé une main humaine sur la plage.

***

Le sandwich à la dinde resta intact sur le plateau, mais la bouteille était vide. Le téléphone sonna :

— Cassie ? C'est moi, Leroy.

— Oui, Leroy...

Qu'est-ce qu'il voulait encore ?

— Je viens d'apprendre que les Boys Next Door jouent ce soir dans la vieille demeure Ringling ! J'ai appelé et, bien entendu, ils sont avides de publicité, ils n'en ont jamais assez. On va y aller.

— Leroy ! s'écria-t-elle, exaspérée. Tu sais parfaitement que ça n'intéressera pas la chaîne !

— Aussi bien que toi, mais eux l'ignorent. On va s'amuser ! On filmera un peu, et on pourra boire, jouer les pique-assiette et se donner du bon temps !

— Je ne savais pas que tu étais un de leurs fans ! Les *boys bands* plaisent plutôt à ma fille et à ses amies de treize ans !

Ce n'était peut-être pas le moment de le hérisser. Mais il parut ne pas s'en formaliser :

— Prépare-toi ! On se retrouve en bas dans un quart d'heure !

23

Une brise bienvenue soufflait depuis la baie, rafraîchissant un peu les invités rassemblés sur la terrasse en marbre de la Ca d'Zan. « Il y a vraiment du beau monde, ce soir », songea Cassie en admirant les robes de grands couturiers et les bijoux somptueux. Elle tâta du bout des doigts son alliance de platine, ornée de diamants, qu'elle portait toujours à l'annulaire. Sans doute devrait-elle bientôt l'ôter, mais elle fut heureuse de n'en avoir encore rien fait. Vêtue d'un simple tee-shirt et d'un pantalon noir, elle se sentait un peu mal à l'aise : elle était venue à Sarasota pour rendre compte d'un ouragan, pas d'une soirée mondaine.

Un homme d'une trentaine d'années s'approcha du trio de Key News. Il était vêtu d'une chemise de lin blanc, ouverte presque jusqu'au nombril, et sa poitrine velue disparaissait sous de lourdes chaînes en or. C'était Sarge Tucker, le manager du groupe.

— Voici Cassie Sheridan, notre correspondante de presse, et Félix Rodriguez, le cameraman.

L'homme serra la main de Cassie avec enthousiasme.

— Heureux de vous rencontrer ! Les gars vont donner un grand concert !

— Comment se fait-il qu'ils jouent ici ? demanda-t-elle.

— Je suis né à Sarasota. Ils n'ont plus qu'un concert à donner, demain soir à Tampa : je leur ai demandé de faire ça pour moi. Ils ont des cœurs en or ! Détendez-vous et dites-moi si je peux vous être utile en quelque façon que ce soit.

— Il y a quelque chose que j'aimerais, si ce n'est pas trop demander, dit Cassie. Ma fille Hannah est une grande fan du groupe. Est-ce qu'ils pourraient lui dédicacer une photo ?

— Bien sûr ! Je veillerai à vous en donner une en fin de soirée.

***

Etta était ravie d'avoir demandé à s'occuper de la réception. Cela lui permettrait de se changer les idées et de ne pas penser à l'opération. Après avoir accueilli les invités, elle comptait s'excuser, rentrer chez elle en voiture et se coucher tôt. Avec un peu de chance, tout se passerait bien : elle n'aurait plus à s'inquiéter de conduire le soir. Le médecin le lui avait promis.

Quand on parle du loup ! Le Dr Lewis était devant

elle, très élégant dans son smoking. Il n'était pas accompagné, ce dont elle s'étonna.

— Bonsoir, docteur !

Il la regarda d'un air indifférent, et elle comprit qu'il ne la reconnaissait pas. Elle en fut un peu peinée, mais se dit qu'il avait des centaines de patients et ne pouvait se souvenir de tout le monde. Du moment qu'il la reconnaissait demain en salle d'opération, tout irait bien...

— Je suis Etta Chambers, docteur Lewis, dit-elle. Vous m'opérez demain !

— Ah bien sûr ! Heureux de vous voir ! répondit-il, manifestement peu soucieux de prolonger la conversation.

Il fit demi-tour et s'en alla.

Etta fut tentée de rester plus longtemps pour voir s'il ne buvait pas trop. Pas question que, demain matin, il l'opère avec une gueule de bois !

***

— Quelle classe ! Ce n'était pas la peine de vous mettre sur votre trente et un pour nous accompagner !

— Ce n'est rien, Webb.

— Jerry, je ne sais pas combien de temps nous resterons. Ça vous ennuie de nous attendre ?

« Comme si j'avais le choix ! » songea le propriétaire de la marina en aidant ses passagers à descendre. Mais il préféra répondre :

— Non, Webb, pas du tout ! Je serai là quand vous déciderez de rentrer.

— Jerry, il y avait du talc sur le sol des toilettes.

Vous ne prêtez pas le bateau à quelqu'un d'autre, au moins ?

— Bien sûr que non ! C'est peut-être tombé de l'armoire à pharmacie ? poursuivit l'homme en donnant la première explication qui lui vint à l'esprit.

Webb ne s'en laissa pas conter :

— Jerry, ça fait longtemps que mes enfants ne sont plus dans les langes ! De surcroît, il n'y a pas de talc dans l'armoire. N'oubliez pas que c'est moi qui décide à qui je confie mon navire.

Jerry ne répondit rien et regarda s'éloigner ses passagers. Webb et Lou-Anne étaient accompagnés d'un couple qu'on lui avait présenté comme étant Gloria et Van. Ils montèrent les marches qui donnaient sur l'arrière de la Ca d'Zan. Jerry connaissait déjà Van, qui lui avait confié son bateau, mais pas la fille.

Les lumières de la demeure de style vénitien, traversant des fenêtres à vitraux aux couleurs pastel, baignaient les invités de reflets doux. « Quel spectacle ! songea Jerry. Une vraie scène de cinéma ! »

Il vit Webb s'arrêter pour discuter avec un type portant une caméra, et désigner Gloria du doigt. L'autre leva son appareil et le pointa vers la robe en lamé or.

Remontant à bord du bateau, Jerry ouvrit le congélateur, en sortit une canette de Budweiser et s'assit en attendant de pouvoir, lui aussi, aller là-bas, histoire d'avoir sa part.

Pourquoi serait-il le seul à être privé de champagne ?

***

Gloria grimpa les marches de marbre, ravie que Merilee soit ce soir hors circuit : elle serait la reine. Elle avait l'impression d'être Cendrillon et voyait bien, d'après les têtes qui se tournaient vers elle, qu'elle faisait grande impression.

— Tu les laisses K.-O., lui chuchota Van. Tu es resplendissante !

Oui vraiment, Cendrillon. Depuis que Merilee était devenue la préférée de Webb, elle avait vraiment eu l'impression de jouer les doublures. Merilee était la star et Gloria se lassait de tenir les seconds rôles.

Elle sourit et but une gorgée de champagne, consciente que Brian Mueller la filmait. Elle voulait être à son avantage : ses prises de vues constitueraient le début de *Nuits de velours vénitiennes*, le film qui la remettrait en selle. Elle caressa le cou de Van pour la caméra.

— Une jolie idée ! dit son partenaire.

— Je t'en prie ! répondit-elle en souriant.

Sans doute Van Jensen pouvait-il être considéré comme un ami. Il avait de la sympathie pour elle et le lui disait souvent. Sur l'écran, il semblait y avoir une alchimie mystérieuse entre Merilee et lui mais, une fois rhabillés, ils ne paraissaient pas avoir grand-chose à se dire. En tout cas, l'absence de la jeune femme n'avait pas l'air de le préoccuper.

Gloria était sensible à la fidélité. Elle prit la main de Van et se dit que, lorsqu'ils tourneraient les scènes torrides du film, elle ne ferait pas semblant. Elle lui montrerait sa reconnaissance et veillerait à ce qu'il prenne du bon temps.

***

« C'est vraiment merveilleux de servir deux maîtres à la fois », songea Brian Mueller.

Il filmait à la moindre occasion, tout en faisant croire à Tony que c'était uniquement pour SNN.

— Tu as vu qui est là ? demanda son compagnon. C'est Cassie Sheridan, de Key News !

Brian ne répondit rien.

— Je vais me présenter !

« Bonne idée, songea Brian. Pendant ce temps-là, je pourrai engranger des images pour Webb. »

***

Tandis que Félix tournait quelques plans, sur les indications de Leroy, Cassie picorait les plateaux remplis de mets savoureux. Elle allait reprendre des crevettes quand un homme à côté d'elle eut un coup d'œil à son alliance :

— Une bien belle pièce !

— Merci.

— Excusez-moi, c'est mon métier. Je suis bijoutier. Je m'appelle Leslie Sebastien, dit-il en tendant la main.

— Cassie Sheridan.

— J'ai l'impression de vous connaître, dit-il en la dévisageant.

— Je travaille à Key News.

— Ravi de vous rencontrer.

Elle s'attendait à une brève conversation mais,

avant que tous deux aient pu aller plus loin, quelqu'un tapa sur l'épaule de Leslie.

— Excusez-moi, dit-il à Cassie.

Il s'éloigna sans qu'elle ait le temps de répondre.

Elle haussa les épaules et alla chercher un autre verre de vin.

***

Lou-Anne n'avait pas été franchement ravie d'apprendre que Gloria et Van les accompagneraient, mais n'avait pas trop protesté : son mari lui avait assuré que les apparences seraient sauves. Après tout, elle devait bien faire des concessions si elle voulait continuer à mener la vie de luxe dont elle avait pris l'habitude. Et c'était avec Gloria, non Merilee, que Webb tournerait son prochain film. Lou-Anne en était ravie. Elle avait détesté Merilee dès leur première rencontre dans les bureaux de Webb, qui se montrait bien enthousiaste à son égard — sans doute un peu trop.

Elle veilla à tenir son rôle et à échanger quelques mots avec tous ceux qu'elle croisait sur la terrasse. C'était la fonction de quelqu'un qui, comme elle, faisait partie de ces commissions chargées de collecter des fonds. Elle connaissait d'ailleurs la plupart des invités qui, toute l'année, assistaient à ce genre de soirée. Elle aperçut, près du bar, une femme en pantalon noir et tee-shirt blanc, qui lui inspira un rictus méprisant. Jolie, certes, mais quel manque de goût flagrant !

***

La petite cour à l'arrière de la maison serait parfaite pour discuter. Les deux hommes s'assirent sur un banc que surmontaient les statues de bronze de Remus et Romulus.

— Je suis sûr que c'était votre bague, dit le bijoutier. Pas moyen de s'y tromper, d'autant plus que mon poinçon était dessus !

— Comment était le type qui vous l'a montrée ?

— Je ne le connais pas, il n'a pas donné son nom. En tout cas, il n'est jamais venu dans la boutique. Ce n'est pas le genre à fréquenter St. Armand's Circle.

— À quoi ressemblait-il ?

— Grand, âgé, moustache blanche... Il aurait fière allure s'il savait s'habiller. Bronzé, mais qui travaille de ses mains.

— Vous lui avez acheté la bague ?

— Non. Je lui ai dit qu'il se faisait tard, que j'avais un rendez-vous. Je voulais d'abord vous prévenir. Je lui ai demandé de revenir demain. De cette façon, la police pourra être là, si vous voulez.

— Vous l'avez déjà contactée ?

— Non, je préférais savoir ce que vous en pensiez. Je ne savais pas si vous y teniez.

— Laissez-moi réfléchir à tout ça, Leslie, d'accord ? Je vous donnerai ma réponse avant la fin de la soirée.

***

Quand les Boys Next Door montèrent sur la scène érigée sur la pelouse pour l'occasion, ils n'eurent pas droit aux hurlements hystériques habituels, mais tous les invités les ovationnèrent de bon cœur.

— Bonsoir, Sarasota ! lança Sarge Tucker. Les Boys Next Door sont très honorés d'être là ce soir pour soutenir les merveilleuses opérations de charité de ma chère ville natale ! Merci encore !

Il y eut des applaudissements nourris tandis qu'il poursuivait :

— Pour vous remercier, le groupe va jouer, pour la première fois en public, leur nouveau single — qui va grimper très vite au hit-parade ! Je n'en dirai pas plus : Mesdames et messieurs, voici les Boys Next Door avec *Nul ne saura* !

Les haut-parleurs disposés sur la pelouse se mirent à cracher une musique qui parut à Cassie parfaitement semblable à ce qu'elle avait déjà entendu plus d'une fois dans la chambre de sa fille. À l'époque, ce genre de musique l'avait agacée. Mais que n'aurait-elle pas donné, maintenant, pour être de nouveau dans leur maison, à pester contre les goûts déplorables d'Hannah ?

— Je vois que vous êtes enthousiaste ! chuchota une voix.

Sarge Tucker, souriant, lui tendit une photo :

— Pour votre fille ! J'espère que je ne me suis pas trompé dans l'orthographe de son prénom !

— Elle sera ravie ! Merci ! répondit Cassie, qui prit un air aimable et accepta la photo dédicacée, en se sentant un peu coupable.

Si Sarge avait su que jamais Key News ne leur consacrerait la moindre minute d'antenne, il se serait sans doute montré moins aimable.

Il lui tendit sa carte :

— N'hésitez pas à m'appeler si vous avez besoin de quoi que ce soit.

Poliment, elle la glissa dans son sac à main.

***

Elle allait appeler un taxi. Que Leroy et Félix restent là tant qu'ils voudraient, Cassie préférait rentrer se coucher.

Dommage qu'elle n'ait pas été d'humeur à se mêler à la foule. Il y avait là des hommes très avenants, se dit-elle en contemplant l'un d'entre eux, vraiment superbe dans son habit de soirée. Comme s'il s'en était rendu compte, il se tourna vers elle et leva sa flûte de champagne comme pour la saluer.

Un peu gênée, Cassie reprit le chemin du bar. Elle sortit son portable, appela les renseignements et nota sur un napperon de papier le numéro d'une compagnie de taxis. Mais celle-ci fit savoir qu'il lui faudrait attendre une bonne vingtaine de minutes. Elle demanda donc un nouveau cocktail au barman.

Trois personnes étaient à côté d'elle ; elles parlaient très bruyamment et Cassie ne put que surprendre leurs propos.

— Mais c'était la chanson de Merilee ! s'écria la femme en robe de lamé. J'en suis certaine ! Elle serait furieuse si elle était là !

— Comment ça ? demanda un de ses compagnons.

— Van, elle l'a écrite ! Elle me l'a chantée voilà plusieurs mois ! Tu n'as jamais remarqué qu'elle faisait de la musique entre les prises ?

— J'avoue n'y avoir jamais prêté attention, répondit l'autre en haussant les épaules.

— Webb, reprit la femme en se tournant vers le troisième d'entre eux, tu ne peux pas faire quelque chose ? C'est quand même scandaleux ! Merilee a écrit cette chanson, et voilà que les Boys Next Door vont faire fortune avec !

— Gloria, Merilee est une grande fille. S'il faut se battre, elle n'a pas besoin de nous. Pas question que je m'en mêle ; Web of Desire ne court pas après ce genre de publicité.

— Il faudrait d'abord que Merilee soit là pour se battre ! Comprends-moi bien, Webb : je suis ravie d'être là à sa place, mais je crois vraiment qu'en tant qu'homme d'affaires, tu devrais chercher à savoir ce à quoi elle a droit.

Webb jeta un coup d'œil à Cassie, comme s'il avait deviné qu'elle écoutait. Elle se sentit rougir et, vidant son verre, quitta le bar et s'éloigna.

***

Faute de mieux, un verre ferait l'affaire. Une arme parfaite : tout le monde en avait un en main.

Il suffisait d'en prendre un sur un plateau tendu par un serveur, puis de le briser, pour obtenir une arête tranchante...

— Leslie, il faut que je vous parle. Allons dans la roseraie, la musique sera moins bruyante.

Le bijoutier le suivit sans méfiance.

— Alors, que voulez-vous que je fasse ? J'appelle la police pour qu'elle soit là quand le vieux reviendra demain ?

Ils longèrent des statues de chérubins souriants qui bordaient le chemin bétonné menant au jardin.

— À quelle heure lui avez-vous donné rendez-vous ?

— Je lui ai dit de revenir à 17 heures, après la fermeture.

Ils entrèrent dans le jardin ; le bijoutier sortit un cigare de sa veste.

— Vous en voulez un ?

— Non, merci.

Sebastien s'assit sur un banc, alluma son cigare et en tira une bouffée.

— Leslie, je suis dans une position un peu difficile. Je pense que vous me comprenez ?

— Bien sûr, répondit le bijoutier, qui tira paisiblement sur son cigare tandis que son compagnon marchait de long en large.

— Je n'ai pas vraiment envie de voir la police intervenir dans cette affaire, parce que je ne tiens pas à ce qu'on sache que je vous ai acheté cette bague.

— Je comprends. Je ne l'ai dit à personne, vous avez ma parole.

— Je vous remercie, Les, j'y suis sensible. C'est d'ailleurs pourquoi j'aime traiter avec vous.

L'homme but le reste de son champagne, puis passa derrière le banc et posa une main sur l'épaule du bijoutier, tout en fracassant de l'autre son verre contre la pierre. Leslie Sebastien eut un regard surpris tandis que la flûte brisée lui tranchait la carotide.

24

Mardi 20 août

Cassie était de ces gens programmés pour se réveiller à l'heure. Sur la table de chevet, la pendule indiquait 6 h 15. Elle avait la bouche sèche, les yeux brûlants — signes qu'elle avait trop bu la veille. Elle se leva, gagna la salle de bains en titubant, alluma la lumière qui l'éblouit, et se contempla dans le miroir.

Cassie se passa de l'eau froide sur le visage et décida d'aller courir coûte que coûte. Cela lui ferait du bien. Elle enfila un short, un tee-shirt et mit ses chaussures de sport en écoutant le bulletin météo. Gisèle était officiellement devenue un ouragan : les vents venus du golfe soufflaient à 140 km/h. Mais on ne savait pas encore s'il s'abattrait sur Sarasota.

Cassie songea à laisser un message à Leroy, puis décida que ça n'en valait pas la peine : elle serait de retour dans moins d'une heure et il ne devait pas être levé, ayant lui aussi copieusement profité de la soirée...

Quand elle sortit de l'hôtel, le ciel était d'un gris pâle. Elle partit sur sa droite, entama des petites foulées et atteignit rapidement l'autoroute. Elle dépassa bientôt quelques pêcheurs qui avaient jeté leur ligne par-dessus la balustrade. L'air était lourd, elle avait du mal à respirer.

Il fallait absolument qu'elle arrête de boire, cela devenait un problème. Les matins étaient de plus en plus difficiles, et ça ne faisait rien pour améliorer sa mine. Rien de pire que d'avoir les yeux bouffis devant les caméras.

Elle accéléra et atteignit St. Armand's Circle, parfaitement désert. Elle longea les vitrines et remarqua deux restaurants dont Leroy avait parlé, le Tommy Bahamas et le café L'Europe. Elle aperçut aussi la bijouterie de l'homme qu'elle avait croisé la veille.

Puis elle fit demi-tour en se forçant à soutenir son rythme. Un carré d'herbe devant la marina, de l'autre côté de l'autoroute par rapport à l'hôtel, lui parut l'endroit idéal pour se reposer un moment. Elle vit des hommes, emportant leur équipement de pêche, partir dans des bateaux qui oscillaient sur les eaux agitées. Gisèle faisait déjà sentir ses effets, bien que son arrivée ne fût pas prévue avant plusieurs jours.

Elle marcha jusqu'au bout d'un quai où elle s'arrêta pour contempler l'horizon. « Tu ferais mieux de changer d'attitude et de te décider à t'occuper de ton boulot. Arrête de pleurnicher sur toi-même et prends-toi en main ! »

Pourquoi diable Leroy, ou qui que ce soit d'autre, voudrait-il travailler avec elle ? Elle ne cessait de faire la tête. Certes, elle avait de gros ennuis, mais beaucoup de personnes étaient dans une situation bien pire. Cassie avait toujours tenu à l'écart ceux qui passaient leur temps à se plaindre — et voilà qu'elle faisait comme eux.

Elle ferma les yeux et se promit de changer. Elle ferait de son mieux avec ce qu'elle avait. Le reste était hors de portée. Hannah, le procès, Key News, Jim et sa relation avec Gillian Cox... autant d'éléments qu'elle ne pouvait contrôler. Couvrir l'événement n'était rien, à côté du désastre de sa vie personnelle et professionnelle. « Il faut que tu t'y mettes. »

Elle repartit vers le rivage et passa à hauteur d'un homme qui amarrait solidement un bateau bleu sur le quai.

— Vous vous préparez à l'arrivée de Gisèle?

Il hocha la tête d'un air sombre :

— Oui, et il y en a ici plus d'une centaine dont je dois m'occuper aujourd'hui!

— Vous travaillez ici?

— C'est moi le patron.

— Vraiment? Je suis de Key News, nous sommes venus couvrir l'événement.

— Ah bon? répondit l'homme, qui ne parut guère impressionné.

— Nous allons faire un reportage sur les préparatifs de protection, est-ce que ça vous ennuierait si nous passions tout à l'heure pour filmer? Ou vous interviewer?

— Non, du moment que ça ne prend pas trop de temps. J'ai vraiment du boulot! La dernière fois, nous avons perdu beaucoup de bateaux, et il est hors de question que ça recommence.

— Merci! dit Cassie qui, réalisant qu'elle ne connaissait pas le nom de son interlocuteur, ajouta : Je m'appelle Cassie Sheridan.

— Et moi Jerry Dean, marmonna-t-il sans lever les yeux.

— Encore merci, Jerry. Je vous reverrai tout à l'heure.

« C'est bien. Un pas dans la bonne direction ! » Cassie rentra à l'hôtel. Elle pourrait dire à Leroy qu'elle avait préparé une interview.

***

Le poste de télévision était son seul compagnon. Elle le regarda d'un œil en ôtant ses vêtements trempés de sueur avant d'aller prendre une douche. Puis, après s'être maquillée et séché les cheveux, elle sortit de la salle de bains au moment où commençait le journal télévisé local.

« *Meurtre à la demeure Ringling. Ce matin, le gardien a découvert dans la roseraie le corps de Leslie Sebastien, quarante-deux ans, bijoutier connu de Sarasota. On lui avait tranché la gorge. La veille, il avait assisté à une soirée de charité donnée à la demeure, au cours de laquelle les Boys Next Door avaient donné un concert.* »

C'était l'homme qui l'avait complimentée sur sa bague.

Une vidéo du groupe succéda au présentateur. Cassie contempla l'écran. Qu'est-ce qui arrivait donc à cette ville ? Hier, une main humaine sur la plage, aujourd'hui un meurtre... Celui d'un homme avec qui elle avait échangé quelques mots la veille.

25

Pour le moment, l'infirmière lui était sortie de la tête. Il était allé à cette soirée parce qu'il n'avait pas le choix, et sans aucune idée de l'importance qu'elle prendrait. Il croyait au destin. Il n'y avait pas de hasard. La nécessité qui présidait à toute chose finissait toujours par apparaître au grand jour. Même la mort de Merilee était écrite, bien qu'il ne l'eût pas préméditée, et qu'il en eût souffert. Et si Leslie Sebastien devait mourir, c'était dommage pour lui, mais là encore, nécessaire.

Oui, il fallait qu'il se rende à cette soirée. Maintenant qu'il savait où se trouvait la bague, il se devait de la récupérer. Si la police mettait la main sur ce bijou, le poinçon de Leslie Sebastien les mènerait jusqu'aux clients du bijoutier, puis jusqu'à lui.

Parfois, il était trahi par des comportements qu'il s'efforçait pourtant de cacher. Autant qu'il s'en souvienne, il avait toujours été comme ça. Une fois, il s'était fait prendre par sa mère alors qu'il portait des dessous volés à sa sœur ; une voisine s'était plainte parce qu'il la regardait toujours par la fenêtre ; un de ses professeurs l'avait surpris dans le vestiaire des filles. Ces fois-là, il avait été pris.

Mais il y avait eu tellement d'autres moments de totale impunité.

Personne ne savait qu'il était l'auteur des agressions sur ces jeunes femmes. Enfin, « agressions », c'était un terme de journalistes. Lui ne voyait pas ça sous cet angle. Il espérait même qu'elles avaient apprécié en secret ces moments passés avec lui, et qu'elles pourraient tomber amoureuses. Ce n'était pas à cause de lui que Maggie Lynch s'était tuée. C'était à cause de la presse, qui avait révélé au grand public l'intimité qu'ils avaient partagée.

Il avait lu tous les articles sur cette affaire. Les journalistes s'étaient un peu calmés quand la mère de Maggie avait décidé d'attaquer Key News et Cassie Sheridan, celle par qui le scandale était arrivé.

Et maintenant Cassie Sheridan était là, à Sarasota.

Le destin.

26

La longue allée menant à la Ca d'Zan était bordée de banians aux racines aériennes couvertes de mousse, et de statues de lions et de chérubins. La voiture de Key News roula lentement pour mieux observer les allées et venues. Un cordon de plastique jaune interdisait l'accès à la roseraie, tandis qu'un cameraman filmait les policiers, qui passaient au peigne fin les alentours du banc de pierre sous lequel on avait retrouvé le corps de Leslie Sebastien. À une centaine de mètres de là, des ouvriers démontaient la scène sur laquelle les Boys Next Door s'étaient produits la veille. Leroy se gara sur le parking, à côté d'une camionnette de SNN.

— Dommage que ce soit une histoire locale, dit Leroy, il y aurait eu de quoi tourner !

Mais ils n'étaient venus que pour filmer la demeure, dont on protégeait les fenêtres par des planches en prévision de l'ouragan. Leroy comptait aussi faire une brève interview d'Anthony, le guide du musée, qu'il avait rencontré lors de la soirée. Pour le reste, il n'avait même pas signalé le meurtre à New York : du point de vue de la chaîne, l'événement n'avait aucune retombée nationale, et donc aucun intérêt.

Tandis que Félix et lui sortaient le matériel de la camionnette, Cassie se dirigea vers la roseraie. Un jeune garçon à bicyclette se tenait juste à l'extérieur du périmètre interdit, tendant le cou pour mieux voir ce qui se passait. Cassie le reconnut :

— Hé ! C'est toi qui as trouvé la main sur la plage, n'est-ce pas ?

Le gamin la dévisagea avant de répondre :

— Ouais.

— Ça a dû être un peu dur ?

— Pas vraiment.

Frappée par la nonchalance de l'enfant, Cassie l'examina de près.

— Peut-être que tu as l'habitude de ça, dit-elle en désignant du menton le banc ensanglanté qu'on apercevait un peu plus loin.

Le gamin haussa les épaules.

— Cassie, on y va ! lança Leroy depuis le parking.

Vincent tourna la tête pour regarder les deux hommes, et son visage s'illumina quand il vit la caméra que tenait Félix.

— Vous êtes de la télé ? demanda-t-il à Cassie.

— Oui.

— C'est pour un reportage sur le meurtre ?

— En fait, non. Nous sommes venus à propos du cyclone.

L'enfant parut perplexe :

— Mais il n'est pas encore arrivé ! Et vous avez devant vous une sacrée histoire !

— Je travaille pour une chaîne nationale, ce n'est pas le genre de choses qui nous intéresse. Je sais que ça peut paraître un peu compliqué. En tout cas, j'ai une question à te poser.

Le jeune garçon attendit.

— Tu étais venu sur la plage avec ton détecteur de métal, quand tu as trouvé la main, c'est ça ?

Vincent acquiesça de la tête.

— Et pourquoi s'est-il mis à bourdonner ?

— Ma mère m'a déjà posé la question.

— Alors ?

— C'était une capsule prise dans les algues. Voilà pourquoi le détecteur a réagi.

— Je vois, dit Cassie en se tournant vers Leroy et Félix. Il faut que j'y aille, petit. Prends bien soin de toi.

Vincent n'était pas sûr qu'elle ait cru à son histoire. Il la suivit, après avoir laissé sa bicyclette contre un mur du musée. La femme était jolie, comme toutes les présentatrices de la télé. Pas comme sa mère, qui avait parfois l'air si lasse et si bouffie.

Il suivit les trois journalistes derrière la Ca d'Zan, où Anthony attendait sur la terrasse. Des charpentiers, grimpés sur des échelles et des échafaudages, clouaient des feuilles de contreplaqué sur les fenêtres à vitraux. Félix s'affaira à filmer la scène.

— Je vois que vous avez rencontré Vincent ! dit Anthony.

L'enfant s'était arrêté en bas de la terrasse.

— Il est furieux contre moi parce qu'une fois de plus il m'a fallu annuler une leçon de maquillage que je comptais lui donner. Vous devriez l'interviewer, il est toujours aux environs et sait tout sur le musée.

— Sa mère sait qu'il est là ?

— J'en doute. J'ai l'impression que, quand il quitte la maison le matin, il est son propre maître !

« Si ma fille avait trouvé une main humaine sur la plage, je veillerais à ce qu'elle reste avec moi le lendemain », songea Cassie. Mais elle se dit que c'était porter un jugement sur la mère sans la connaître.

— Tu es prêt ? lança-t-elle à Félix, qui leva le pouce pour faire savoir que oui.

— Donnez-moi d'abord votre nom, dit-elle à Anthony, un peu mal à l'aise : c'était bizarre de devoir baisser les yeux pour le regarder.

— Anthony Dozier, D-O-Z-I-E-R.

— Que faites-vous ici ?

— Je suis le guide du musée.

— Depuis combien de temps ?

— Douze ans, depuis que j'ai quitté le cirque.

— Ah bon ? Que faisiez-vous ?

— J'étais clown.

Cassie songea un instant à ce portrait-robot qu'elle avait vu lors de la conférence de presse du FBI. Mieux valait n'y pas penser. « Continue ! » Malgré elle, pourtant, elle revit l'agresseur de Maggie Lynch.

— Très bien, monsieur Dozier. Pourriez-vous nous

dire quels sont les préparatifs auxquels vous vous livrez en vue de l'arrivée de Gisèle ?

— Comme vous le voyez, nous protégeons l'endroit du mieux que nous pouvons. La demeure a récemment fait l'objet d'une restauration complète et il n'est pas question que tout l'argent et le travail qu'on lui a consacrés soient emportés par les vents.

— L'endroit est quand même un peu exposé, non ? Vous êtes juste au bord de l'eau.

— On n'y peut rien. Quand John Ringling a bâti cette demeure, dans les années 20, le bord de mer avait déjà une grande valeur immobilière. Tous ceux qui ont les moyens d'y construire sont prêts à courir le risque d'un ouragan.

Que demander d'autre ? Après tout, cette interview ne serait jamais qu'une petite partie du reportage qu'ils proposeraient à New York ce soir. Ils pourraient utiliser les commentaires du guide à propos des habitants prêts à affronter l'orage, ou bien attendre de voir ce que dirait la météo. Dans un cas comme dans l'autre, ils en avaient terminé avec Anthony Dozier.

***

Quand elle aperçut Sarge Tucker discutant avec un des ouvriers qui démontaient la scène, Cassie regretta d'avoir laissé Leroy et Félix derrière elle. Mais il la vit avant qu'elle ait le temps de faire demi-tour, et s'approcha d'elle — de toute évidence, beaucoup moins affable que la nuit précédente.

— Vous avez fini de bavasser avec le nain ? lança-t-il d'un air narquois.

Elle ne répondit rien.

— Je me suis levé ce matin à une heure pas possible pour voir votre fichu journal télévisé, et on n'y parlait pas des Boys !

Si seulement Leroy avait été là ! Après tout, c'est lui qui avait eu l'idée, c'était donc à lui d'en subir les conséquences.

— J'en suis navrée, monsieur Tucker. Mais ça se passe souvent comme ça, c'est New York qui décide. Nous ne pouvons jamais promettre que ce que nous filmons sera diffusé.

Tucker ne s'y laissa pas prendre :

— Vous m'avez tous dupé, oui ! Vous n'aviez aucune intention de diffuser quoi que ce soit !

Il avait parfaitement raison : Cassie n'avait aucune envie de chercher des prétextes. Au demeurant, cela faisait partie du jeu. Les managers ne cessaient d'inviter les médias à tel ou tel événement en espérant que leurs clients, grands et petits, passeraient à la télévision. Cela se produisait ou pas, il n'y avait jamais aucune garantie. Et l'homme le savait forcément.

— Je suis navrée, monsieur Tucker.

Il y eut un silence pesant et Cassie se dirigea vers la camionnette de la chaîne. Sarge lui lança :

— C'est moche, ce qui s'est passé ici, hein ?

— Oui. Vous connaissiez l'homme qui a été tué ?

Il toucha l'une des nombreuses chaînes en or qu'il portait autour du cou :

— Pas vraiment, mais je passais dans sa boutique

de temps en temps. C'est horrible ! D'un autre côté, ça assure au groupe d'être en première page des journaux ou à la télé. Vous connaissez le dicton : mieux vaut une mauvaise publicité que pas de publicité du tout.

— Oui. Mais je n'en suis pas vraiment convaincue.

« Quelle crapule ! » se dit Cassie. Elle s'éloigna, scandalisée.

***

Le gamin arriva à sa hauteur, monté sur sa bicyclette.

— Vous n'aimez pas ce gars-là, hein ?

— Comment le sais-tu ?

— Je l'ai vu à votre façon de lui parler.

— Ce n'est pas bien d'écouter ce que disent les autres, Vincent.

L'enfant ne se démonta pas :

— J'apprends beaucoup de choses, comme ça !

Ils parvinrent au parking ; Cassie ouvrit la portière du véhicule pour que l'air brûlant s'en échappe un peu.

— Je ne l'aime pas non plus, dit Vincent.

— Ah bon ? Et pourquoi ?

— Il a l'air d'une fille, avec toutes ses chaînes ! Et je n'ai pas aimé ce qu'il a dit sur Anthony ! Comme sa façon de vous parler, d'ailleurs.

Elle sourit :

— Merci, jeune homme, mais il ne faut pas t'inquiéter pour moi.

Elle le regarda droit dans les yeux :

— Je vais te confier un secret que j'ai mis des années à découvrir : il faut toujours faire confiance à son instinct.

***

Cassie et Leroy étaient déjà dans la camionnette pleine de matériel, et Félix allait en claquer la portière, quand deux hommes s'approchèrent. L'un était en veste de sport, l'autre arborait le tee-shirt turquoise de SNN. Cassie baissa la vitre.

— Bonjour ! Vous vous souvenez de moi ? lança Tony Whitcomb.

Elle lui serra la main :

— Oui, nous nous sommes vus hier soir.

— Je voulais simplement vous saluer et vous dire combien j'admire votre travail.

— Merci.

— Je regarde toujours Key News, et je rêve d'y travailler un jour.

« Mon pauvre ! » pensa Cassie, sous un sourire poli.

— Mais je sais qu'il faut connaître du monde pour y entrer, poursuivit Tony. J'ai fait des reportages dont je suis fier. Mais j'ai besoin de rencontrer les gens qu'il faut.

— Vous avez un agent ?

— Non. Il faudrait ?

— C'est toujours utile.

— Oui, je crois que je devrais m'en occuper, dit Tony sans enthousiasme.

Abandonner dix pour cent de ses gains à quelqu'un d'autre ne l'enchantait guère.

Il eut un grand sourire :

— Est-ce que je pourrais vous envoyer des bandes que vous transmettriez aux responsables de Key News ?

Ce type ne manquait pas de culot. Mais après tout, Cassie se dit que ça ne lui coûterait rien de les envoyer à New York.

— Oui, bien sûr. Mais sans garantie !

— Magnifique ! Merci, Cassie, merci ! Je vous envoie ça sans perdre de temps. À quelle adresse ?

Arrachant une feuille de son bloc-notes, elle y griffonna celle du bureau de Miami et ils quittèrent la demeure Ringling.

— Ils ont tous l'air de croire que la chaîne est une vraie terre promise, dit Leroy.

— Ils devraient pourtant savoir à quoi s'en tenir ! intervint Félix. Vous avez vu la bécane du cameraman ? Elle est bien supérieure à la mienne !

27

En se faisant porter pâle le lendemain du tournage du sujet sur le meurtre, Brian ferait coup double. SNN lui réglerait quand même une journée de travail, et Webb lui donnerait un gros chèque pour son boulot sur *Nuits de velours*. Mais quand il appela la chaîne, on l'informa que la police était passée et avait emporté ce qu'il avait filmé la veille à la Ca d'Zan : il y avait peut-être sur la bande quelque chose qui permettrait à l'enquête d'avancer.

Brian se maudit de n'avoir pas pensé à faire une copie de la cassette ; désormais, les flics seraient les seuls à l'avoir.

Webb n'allait pas apprécier.

Il tenta de se souvenir de ce qu'elle contenait. Divers plans des invités, dont beaucoup filmés de dos. Mais on y voyait surtout Gloria, et le profond décolleté de sa robe en lamé.

Ça se présentait mal.

28

Charles était avec elle, Dieu merci ! Etta se sentait si nerveuse qu'elle pouvait à peine réfléchir ; elle fut soulagée que son mari se charge de tout à l'accueil, en particulier de ce qui touchait à l'assurance santé.

Il s'assit à côté d'elle dans la salle d'attente ; elle prit sa main et la serra très fort. Il s'efforça de la faire penser à autre chose :

— Regarde ça ! dit-il en montrant une affiche sur le mur. Des lentilles de contact qui changent la couleur de tes yeux !

Elle hocha la tête machinalement, mais sans rien dire, incapable de se concentrer.

La porte s'ouvrit :

— Madame Chambers ? annonça une infirmière.

— C'est moi, répondit Etta d'une voix faible.

— Suivez-moi !

Etta se leva et la suivit, après avoir une fois de plus serré la main de son mari.

— De quel œil vous opère-t-on aujourd'hui, madame Chambers ? demanda l'infirmière en consultant ses fiches.

— Le gauche.

Le Dr Lewis lui avait bien dit qu'il était parfaitement possible de traiter les deux yeux en même temps, mais elle ne voulait prendre aucun risque. Et si jamais quelque chose n'allait pas ? Non, un œil pour commencer et si tout allait bien, elle reviendrait dans deux mois pour le second.

L'infirmière plaça un bandeau adhésif vert sur son œil gauche, après y avoir versé quelques gouttes de liquide :

— Cela le nettoiera tout en l'endormant.

Elle répéta la procédure à plusieurs reprises, à quelques minutes d'intervalle, puis lui passa un peignoir par-dessus ses vêtements, lui fit enfiler des chaussons en papier et recouvrit sa chevelure argentée d'un filet de caoutchouc. Installée dans une chaise longue, Etta attendit tandis que l'anesthésiste lui plantait une aiguille dans le dos de la main :

— C'est pour vous détendre, madame Chambers.

Cinq minutes plus tard, elle fut conduite jusqu'à la table d'opération, où elle s'allongea. On lui ôta son bandeau avant de couvrir de gaze le reste de son visage. Elle entendit la voix du Dr Lewis, qui venait d'entrer dans la pièce :

— Très bien, Etta. Allons-y !

La lampe qu'il portait sur le front déversa dans son œil une lumière intense et très vive.

Le Valium qu'on lui avait donné faisait son effet. Il lui prit soudain l'envie de discuter :

— Avez-vous apprécié la soirée d'hier, docteur Lewis ? demanda-t-elle.

— C'était très bien, bien que je ne sois pas un grand fan des Boys Next Door. Est-ce que vous sentez quelque chose, Etta ?

— Non.

— Je vais insérer le cristallin, vous allez peut-être ressentir un petit tiraillement.

Mais elle ne sentit rien.

— Docteur Lewis, c'est terrible cette histoire de meurtre, non ? Je ne peux m'empêcher de penser que j'ai coché le nom de ce malheureux sur la liste des invités. Il ne se doutait pas que cette soirée serait la dernière !

— Oui, j'ai vu ça ce matin au journal télévisé. Horrible !

— Il y a un mois, mon mari lui avait acheté un bracelet pour fêter notre anniversaire de mariage... Est-ce que je vous ai dit qu'hier, j'étais sur la plage quand le gamin a trouvé la main ?

— Non, je ne crois pas.

— J'en frissonne encore ! Quelle horreur, cette pauvre femme...

— Comment savez-vous que c'était une femme ? Le journal télévisé n'en a rien dit.

— Ça ne pouvait pas être une main d'homme : les ongles étaient vernis de rouge, avec par-dessus le dessin d'une toile d'araignée.

***

Il pendit sa blouse blanche dans le placard. Après une matinée bien remplie, Harry Lewis était impatient de rentrer chez lui pour se changer avant d'aller à la marina.

La conversation avec Mme Chambers le préoccupait.

Il essayait de voir Merilee le moins souvent possible. Quand on est l'un des chirurgiens les plus connus de la ville, mieux vaut ne pas s'afficher avec une reine du porno.

Tout avait commencé par hasard. Il l'avait rencontrée dans un supermarché, au rayon des surgelés ! Une chevelure noire magnifique, nouée en queue de cheval, de hautes pommettes, pas de maquillage... Il l'avait vue mettre un pot de crème glacée dans son chariot : parfum menthe avec des paillettes de chocolat.

Il avait attendu puis, le plus discrètement possible, l'avait suivie à la caisse et s'était glissé derrière elle.

Comme elle déposait ses achats sur le tapis roulant, il avait remarqué ses ongles, très longs, couverts d'un vernis rouge vif.

Elle avait dû sentir qu'il la regardait, car elle avait levé les yeux et souri. Il lui avait rendu son sourire et avait entamé la conversation.

Ce n'est qu'après plusieurs dîners qu'elle lui apprit comment elle gagnait sa vie.

Mieux valait que l'hôpital ne sache rien !

Il avait tenté de rompre, en vain. Il tenait quelques

semaines, mais c'était plus fort que lui : il la rappelait à chaque fois, la rage au ventre.

Entre-temps, il pouvait toujours regarder ses vidéos.

29

Le tournage de ce matin se passait mal. Webb était mécontent des ébats de ses acteurs sous la réplique en papier mâché de Remus et Romulus. À l'issue de la troisième prise, il se mit à hurler :

— Gloria, personne ne donnera un sou pour voir ce film si tu ne donnes pas l'impression de jouir ! Van, tu as un rictus encore pire que celui de la louve ! On n'est pas dans un film d'horreur !

Brian attendit la pause déjeuner pour apprendre la nouvelle à Webb. Alors que les acteurs et les techniciens se rassemblaient devant le buffet, il le prit à part.

— Tu veux dire que la police a la bande ? demanda Webb, l'air mauvais.

— Désolé, patron. Mais je n'y pouvais rien.

— Tu aurais pu en faire une copie !

— Oui, je sais. Mais j'étais fatigué et je voulais simplement rentrer chez moi.

— Magnifique ! éclata Webb, dont le visage vira à l'écarlate. Et par ta faute, je n'ai plus d'intro au film !

— Webb, la chaîne va rediffuser sans fin ce qu'elle a montré hier, les flics vont examiner la bande à la loupe. Les gens finiront par bien la connaître. Ce qui veut dire que de toute façon, il vaudrait mieux ne pas s'en servir.

Le cameraman avait sans doute raison, mais Webb n'était pas d'humeur à l'admettre :

— Ah oui ?! J'aime décider de ce que j'inclus ou non dans mes films, vois-tu ? Et maintenant, grâce à toi, je n'ai plus le choix !

***

Vêtue d'un peignoir de soie écarlate, Gloria était seule dans sa loge, à picorer une salade de macaronis tout en bouillonnant intérieurement.

Manifestement, Van n'avait pas pris la peine de se laver les dents, ni de se raser. Il s'était montré brutal dans leurs étreintes, tout en veillant à ce que ses attributs virils soient toujours présents devant la caméra. Tout ça n'était pas très professionnel.

Elle s'était pourtant promis de donner du bon temps à son partenaire et de faire de son mieux pour succéder à Merilee. Sans doute cette dernière l'éclipsait-elle complètement : par sa simple présence, elle dominait toutes les scènes où elle apparaissait.

La porte de la loge s'ouvrit avant même que Gloria se soit rendu compte qu'on frappait. Van entra :

— On fait la paix ? demanda-t-il.

Elle baissa les yeux vers son plateau et ne répondit rien.

Il s'avança, s'examina devant le miroir et, s'emparant d'une brosse à maquillage, poudra avec art ses yeux gonflés.

— Allons, allons ! Nous avons beaucoup à faire dans ce film, Gloria ! Montrons-leur de quoi nous sommes capables !

Elle le dévisagea. La lumière des spots entourant le miroir soulignait les rides autour de ses yeux et de sa bouche. Merilee s'était plainte une fois qu'il lui faudrait un partenaire plus jeune, elle n'avait pas tort. Van se faisait trop vieux pour ce genre de boulot et il le savait. Il pouvait soulever autant d'haltères qu'il voulait, et même se faire lifter, la caméra restait impitoyable.

Sentant qu'elle le regardait, il se tourna vers elle :

— À quoi penses-tu ? demanda-t-il d'un ton accusateur.

— À rien, répondit-elle, se sentant prise en faute.

— Ce n'est pas vrai !

— Mais si !

Il s'avança et la saisit par le bras :

— Tu sais quoi, Gloria ? Je crois que tu ne devrais pas me sous-estimer. Tu devrais savoir que c'est moi le patron, ici.

Il serra encore plus fort. Elle tenta de prendre les choses à la légère :

— Van, enfin, arrête de faire l'imbécile. On a passé l'âge.

Elle voulut se dégager ; il la frappa. Elle leva l'autre bras pour se protéger le visage.

— Arrête ! Arrête, je t'en prie !

Il s'arrêta net, pensant sans doute au tournage qui allait reprendre, puis la relâcha.

— Et arrête de pleurnicher ! lança-t-il. Lave-toi la figure et maquille-toi. Mais souviens-toi d'une chose,

Gloria, c'est moi le patron ! Cet après-midi, tu ferais mieux de faire comme je dis. C'est *mon* film !

— J'en parlerai à Webb ! s'écria-t-elle en sanglotant.

Van était déjà devant la porte. Il s'arrêta.

— Essaie, et tu pourrais bien disparaître aussi !

30

Ils se rendirent au Publix, le supermarché sur Bee Ridge Road. Leroy alla trouver le directeur, lui demanda s'ils pouvaient filmer et, après avoir obtenu son accord, Cassie interviewa les clients sur le cyclone qui se préparait, tandis que Félix filmait.

— On dit que Sarasota n'a pas été frappé par l'ouragan depuis plus de quarante ans, dit une mère de famille dont le jeune fils était assis dans le Caddie. Je suppose que ça ne peut pas durer toujours !

— Je viens de me trouver une carte des zones d'évacuation, je ne sais pas du tout où je suis censée aller, gémit une autre femme.

— En 1960, j'étais aux Keys quand l'ouragan Donna a frappé, dit un retraité. Ça n'était pas beau à voir !

Et ainsi de suite jusqu'à ce que son estomac dise à Cassie qu'il était temps de déjeuner. Elle repartit avec Félix vers la camionnette. Leroy était en conversation avec New York sur son portable.

— Ils ne sont pas sûrs de nous diffuser ce soir, dit-il une fois qu'il eut raccroché.

Tous trois savaient parfaitement ce que cela voulait dire : il faudrait continuer en faisant comme si.

— Trouvons-nous une plage pour tourner d'autres interviews, dit Leroy en consultant une carte. La plus proche, c'est Siesta.

Au grand plaisir de Cassie, Félix s'écria :

— Je meurs de faim ! Allons d'abord manger quelque chose !

— On verra ça en route, répondit Leroy.

Ils partirent, franchirent le pont et empruntèrent Ocean Boulevard. Ils s'arrêtèrent devant le premier restaurant qu'ils croisèrent. C'était un établissement en plein air, sur le bord de la route, qui s'appelait le Old Salty Dog.

Les tables étaient presque toutes inoccupées ; Cassie espéra que ce n'était pas à cause de la cuisine. Elle commanda du poisson, tandis que ses compagnons choisissaient la spécialité de la maison, des hot-dogs plongés dans une pâte à crêpes arrosée de bière, puis frits.

— Ça me vaudra peut-être une crise cardiaque, mais en tout cas il y a longtemps que je n'ai pas mangé quelque chose d'aussi bon ! s'exclama Leroy en mastiquant avec enthousiasme.

Cassie fut tout aussi ravie de son poisson et de la montagne de frites qui l'accompagnait, tout en se disant que ce n'était pas très sain non plus.

— Encore un peu de Coca light ? demanda la serveuse.

— Oui, merci, dit Cassie. C'est excellent ! Pourquoi n'avez-vous pas plus de clients ?

— C'est un peu la morte saison, dit la serveuse. Et je suppose que les gens se préparent pour le cyclone.

Un homme en tablier surgit de la cuisine :

— Wendy, ton fils est au bout du fil !

— Excusez-moi, dit la femme.

Elle s'éloigna : Cassie nota une varice sur une de ses jambes. Une façon bien pénible de gagner sa vie.

***

En raccrochant, Vincent était furieux. Il avait pris soin de demander la permission, et c'était non.

Il était coincé là, lors d'un de ses derniers après-midi de liberté : sa mère était partie travailler et il devait s'occuper de Mark. Ce n'était pas juste.

Il jeta un coup d'œil à la pendule de la cuisine. Encore deux heures avant qu'elle revienne. Pas question d'attendre aussi longtemps.

— Viens, Mark, dit-il à son frère.

Ils pourraient aller à la plage, voir Gédéon, et revenir avant que leur mère ne rentre du restaurant. Elle n'en saurait rien, pour peu que son cadet tienne sa langue.

31

Bien qu'il pût difficilement se permettre de quitter la marina, Jerry rentra chez lui déjeuner. Ses muscles lui faisaient mal, il mourait d'envie de prendre une douche. Il y avait encore beaucoup de travail à faire sur les bateaux, mais il n'y arriverait jamais s'il ne prenait pas un peu soin de lui.

En sortant de la salle de bains, une serviette nouée autour de la taille et un tube à la main, il demanda :

— Karen, passe-moi ça, tu veux ?

Elle lui enduisit le dos et les épaules d'une crème blanche qui répandit dans tout son corps une chaleur piquante bienvenue.

— On dirait que tu as grossi, dit-elle pour le taquiner.

— Ça n'est pas tes affaires ! grommela-t-il en rentrant le ventre.

— Touché !

Il lui reprit le tube et se leva pour aller s'habiller. Quand il revint, un sandwich à la viande de bœuf et une salade de pommes de terre l'attendaient sur la table de la cuisine. Il les dévora sous le regard de Karen.

— Arrête de m'espionner, tu veux ?

— Jerry, je ne sais pas ce que tu as aujourd'hui, mais pas la peine de te défouler sur moi.

— Karen, l'arrivée d'un ouragan, ce n'est pas rien ! Mais tu n'es peut-être pas au courant !

— Oh que si, grand frère bien-aimé. Tu seras ravi

d'apprendre que je m'en vais jusqu'à ce que tout soit fini. Je pars cet après-midi chez maman.

Bon débarras ! Il aurait la maison pour lui tout seul.

Jamais il n'aurait dû l'accueillir ici. Au début, c'était censé être provisoire, le temps qu'elle se remette de son divorce. Mais six mois plus tard, elle n'avait toujours pas trouvé de travail et passait ses journées à regarder des feuilletons à la télé.

Jerry espéra qu'elle s'absenterait un bon moment. Elle l'empêchait de vivre.

32

Danny Gregg examinait les cieux au-dessus du golfe. « Ces amateurs de parapente en font vraiment un peu trop », se dit-il en apercevant leurs ailes multicolores oscillant au gré des vents. Il est vrai que c'était exactement le temps qu'il fallait aux amateurs de grands frissons.

Il revint à son bureau à l'issue de sa patrouille, en se demandant quand il recevrait l'ordre d'interdire l'accès à la plage. Elle était déjà à peu près déserte — le ciel gris de nuages rendait tout bronzage impossible.

Comme il entrait, le téléphone sonna.

— Danny ? C'est Bill, du service des autopsies. J'ai pensé que ça t'intéresserait de savoir que nous avons identifié les empreintes de la main, grâce aux fichiers de l'AFIS : une vieille histoire de vol à l'étalage...

— De qui s'agit-il ?

— D'une dénommée Merilee Quinones. Nous avons aussi une adresse, et mieux encore. Le nom disait quelque chose à un gars de chez nous : c'est une reine du porno !

33

Sarge avait vraiment mis ce dernier concert de la tournée en pilotage automatique.

Il avait très mal à la tête ; pas question qu'il aille à Tampa ce soir. Tout était en place, de toute façon. On avait envoyé les billets gratuits aux journaux, aux stations de radio et de télévision. Inutile d'être là, son assistant pourrait s'occuper de tout.

Il était soulagé que la tournée prenne fin. Des mois de voyages incessants, épuisants... La vie sur la route n'était plus ce qu'elle était. Un fardeau exténuant, pas du tout l'existence de luxe que tout le monde imaginait.

Quand Sarge s'était associé avec les Boys Next Door, ça avait d'abord été très amusant : il avait joué son rôle dans le succès croissant du groupe, devenu une véritable sensation. Son plus grand plaisir, sa plus grande fierté, était de leur avoir apporté *La Fille aux yeux marron*, un titre vite devenu disque de platine.

Il en était officiellement l'auteur, et les droits avaient fait de lui un homme riche.

Il comptait bien sur *Nul ne saura* pour le devenir plus encore.

Il venait d'avaler trois comprimés d'aspirine quand on sonna à l'entrée. Il songea un instant à ne pas répondre, mais on insistait.

Deux hommes en vestes de sport, insignes de police à la main, étaient là. Sarge ne se douta pas qu'ils venaient de fouiller l'appartement voisin.

— Nous sommes inspecteurs de police à Sarasota et nous aimerions vous poser quelques questions.

Il les fit entrer d'un geste de la main et les pria de s'asseoir. L'un prit des notes, tandis que l'autre l'interrogeait.

— Monsieur Tucker, vous connaissez votre voisine, Merilee Quinones ?

— Bien sûr. Elle vit à côté, non ?

— Vous la connaissez bien ?

— Je ne dirais pas ça. Elle est arrivée ici voilà un peu plus d'un an. Je voyage beaucoup et je suis rarement là.

— Que faites-vous dans la vie, monsieur Tucker ?

Sarge montra, au-dessus du sofa, un disque d'or encadré :

— Je suis dans la musique, c'est moi qui m'occupe des Boys Next Door.

L'inspecteur alla examiner l'objet de plus près :

— *La Fille aux yeux marron*... c'est vous qui l'avez écrit ? Ma fille l'écoute à longueur de journée.

— J'en suis ravi.

L'homme déchiffra le texte imprimé en petites lettres noires :

— Oui, c'est bien vous... mais vous me dites que vous êtes leur manager ?

— En effet. Mais j'écris et je manage...

— Impressionnant. Les journaux de ce matin disaient que votre groupe avait joué un nouveau titre à la demeure Ringling hier soir ?

— Oui, *Nul ne saura*. Je l'ai également écrit.

L'inspecteur alla se rasseoir :

— Quand avez-vous vu Merilee Quinones pour la dernière fois ?

Sarge réfléchit à toute allure. Que répondre ? Quelqu'un pouvait les avoir vus ensemble.

— Je crois que c'était la semaine dernière, dit-il d'un air nonchalant. Oui, ça fait une semaine. J'étais revenu en ville pour affaires et je l'ai croisée dans l'allée.

— De quoi avez-vous parlé ?

— Rien de spécial, pour autant que je me souvienne. Elle était ravie à l'idée que le groupe vienne à Sarasota donner un concert.

— Vous étiez donc à la Ca d'Zan hier soir ?

— En effet, répondit Sarge, un peu mal à l'aise.

Il se doutait de ce qui allait suivre.

— Et vous savez qu'un meurtre s'est produit là-bas ?

Il acquiesça de la tête.

— Vous connaissiez la victime, Leslie Sebastien ?

— Vaguement. Je suis parfois passé dans sa boutique.

— C'est quand même une curieuse coïncidence,

monsieur Tucker. Vous connaissiez aussi bien M. Sebastien que Merilee Quinones.

— Je ne vois pas où vous voulez en venir.

— M. Sebastien a été assassiné, et nous avons des raisons de croire que Merilee Quinones aussi.

***

Les deux inspecteurs remontèrent dans leur voiture.

— Qu'est-ce que tu en penses ? demanda l'un d'eux.

— Je ne sais pas, répondit l'autre en haussant les épaules. Il a vraiment eu l'air surpris d'apprendre qu'elle était morte.

— Il est peut-être bon acteur. Nous savons déjà qu'il ment.

— Quand il prétend ne pas vraiment la connaître ?

— Oui. Elle avait sur son bureau un dossier plein de coupures de presse sur les Boys Next Door, et une lettre de son avocat montrant qu'elle comptait poursuivre ce bon M. Tucker en justice.

La voiture des policiers descendit lentement l'allée.

— Je ne sais pas trop, Jack, dit celui qui conduisait. Crois-tu qu'elle a aussi écrit cette nouvelle chanson ?

— Que ce soit le cas ou non, tu peux être sûr que ce type ferait tout pour éviter un procès, avec toute la mauvaise publicité que ça implique.

34

Vincent aurait bien voulu savoir combien Gédéon avait tiré de la bague, mais son vieil ami n'était pas sur la digue. Pour que leur trajet à la plage ne soit pas complètement perdu, il entraîna son frère le long du rivage et se mit en quête de dents de requin, en donnant à son cadet des explications qu'il tenait du vieil homme :

— Ils les perdent quand il leur en pousse de nouvelles... On en trouve partout, certaines sont d'âge préhistorique : les requins existent depuis des millions d'années ! Elles tombent au fond de l'océan, et les vagues et les marées viennent les déposer sur la plage.

Mark examina le sable humide :

— En voilà une ! s'exclama-t-il en ramassant un petit objet de forme triangulaire, lisse et noir, qu'il montra à son frère.

— C'est bien ! Mais le mieux, c'est d'en trouver une blanche, parce qu'elle vient d'un requin vivant. J'en ai des centaines qui sont noires, brunes ou grises. Des vieilles ! Mais je n'en ai que deux blanches !

Mark l'écouta, émerveillé : son frère savait tant de choses ! Ils poursuivirent leur chemin jusqu'à ce qu'il se mette à tousser, comme il fallait s'y attendre. Vincent eut envie de le gifler : il gâchait toujours tout.

— Nous ferions mieux de rentrer, dit-il d'un ton morne, avant que maman arrive à la maison. Et tu as intérêt à ne rien lui dire, sinon je te tue !

— Je dirai rien, Vincent, promis.

Les deux frères firent demi-tour. Vincent jeta un coup d'œil sur la plage et remarqua que les gens de la télévision qu'il avait vus chez Ringling étaient là. Le cameraman filmait la journaliste qui, dos à la mer, parlait dans un micro. Il prit la main de Mark et courut vers eux pour entendre ce qu'elle disait.

— Cet après-midi a été diffusé un avertissement officiel, enjoignant aux petites embarcations de ne pas s'aventurer sur l'océan. Sarasota est désormais sous surveillance, ce qui signifie que les services météo pensent que Gisèle menace les zones côtières des environs. Cela veut aussi dire qu'un cyclone est possible, mais pas qu'il s'apprête à frapper. Cassie Sheridan, Key News, Siesta Key, Floride.

Elle venait d'éteindre son micro quand elle aperçut Vincent :

— Encore toi ? Tu es toujours là !

— Comme vous !

Elle sourit :

— C'est vrai. Qui est avec toi ?

— Mon petit frère.

— Comment s'appelle-t-il ?

— Mark.

— Bonjour, Mark, dit Cassie en se penchant pour lui serrer la main.

L'enfant se mit à tousser.

— Il fait toujours ça ! dit Vincent, agacé. Il a la mucoviscidose.

— Je vois, dit Cassie. Ça doit être dur...

Vincent lui jeta un regard sceptique. Elle ne comprenait pas, comme tous les autres. Ils avaient toujours de la peine pour Mark, mais ne prenaient jamais garde à lui. Il préféra changer de sujet :

— Vous voulez m'interviewer ?

— Tu es déjà passé à la télé, non ?

— Oui, c'est pour ça que je sais comment on fait.

Cassie eut un clin d'œil à l'adresse de Félix :

— Pourquoi pas ?

Puis elle épingla son micro sur le tee-shirt de Vincent.

— Dis-moi ce que tu penses de l'arrivée d'un ouragan.

— C'est vraiment super : je n'en ai encore jamais vu.

— Tu n'as pas peur ?

— Bien sûr que non.

— Qu'est-ce que tu feras s'il arrive ?

— Je crois que je resterai à la maison en regardant par la fenêtre.

— On parle d'évacuer les gens, tu sais ce que ça veut dire ?

— Bien sûr ! Je ne suis pas complètement idiot !

— Désolée. Tu sais où tu dois aller t'abriter ?

Vincent se mordit les lèvres, son frère eut l'air inquiet. Cassie se dit que peut-être il faudrait en rester là.

— Je suis sûre que ta mère le sait, dit-elle en toute hâte. Je crois que ça ira pour le moment, Vincent.

— Je passerai à la télé ce soir ? demanda-t-il d'un ton plein d'espoir.

— Je ne sais pas. Ça dépendra des gens qui font le journal à New York.

Craignant de n'avoir pas fait aussi bonne impression qu'il l'aurait voulu, Vincent tenta de se rattraper :

— Ça vous dirait de voir où j'ai trouvé la main hier ? C'est juste là ! s'écria-t-il en montrant la digue.

Cassie le suivit donc, tandis que Félix rangeait son matériel.

— Tu n'as pas eu peur ? demanda-t-elle.

— Oh non ! J'ai été tout excité quand j'ai vu la bague !

Il se tut, comprenant qu'il en avait trop dit.

— La bague ? Quelle bague ?

Vincent prit la main de Mark :

— Il faut qu'on y aille. Ma mère sera furieuse si elle ne nous trouve pas en rentrant.

35

Il laissa tourner le moteur : l'air était si humide qu'on ne pouvait se passer de l'air conditionné. Le magasin du bijoutier était de l'autre côté de la rue ; il attendit en écoutant la radio, qui passait *Nul ne saura*, marquant la mesure sur le volant, de la paume de la main. Un bulletin météo succéda à la chanson.

Il caressa la fausse barbiche qu'il s'était collée au menton tout en suivant des yeux quelques promeneurs qui portaient des sacs de shopping aux couleurs vives. Certains ralentissaient le pas en passant devant la boutique, chuchotaient et secouaient la tête avant de s'éloigner.

Un coup d'œil dans le rétroviseur lui fit remarquer qu'un peu de la poudre qu'il s'était passée dans les cheveux lui était tombé sur l'épaule. Il l'ôta d'un revers de main.

Peu avant 17 heures, il vit un vieillard aux cheveux blancs s'arrêter devant chez Sebastien, sonner puis, comme personne ne répondait, regarder à l'intérieur. Un policier en patrouille s'arrêta, sans doute pour lui expliquer pourquoi l'établissement était fermé. L'autre écouta, puis fit demi-tour et monta dans une vieille voiture avant de s'éloigner.

Il suivit la Plymouth, musique à fond, vitres fermées pour lutter contre la chaleur.

36

« Ainsi donc, songea Gédéon, Leslie Sebastien s'est fait trancher la gorge... » Quelques heures à peine après qu'il lui eut montré la bague. Simple coïncidence, peut-être, mais le vieil homme n'aimait pas cela. Il allait devoir parler à Vincent et le convaincre de remettre la bague à la police. Entre-temps, il lui faudrait la cacher dans un endroit sûr.

Il arrêta sa Plymouth dans l'allée, coupa le moteur, sortit et se dirigea vers la véranda située à l'arrière de sa petite maison. La porte s'ouvrit en grinçant.

La caisse où il rangeait son matériel de pêche était par terre. Il y glissa la bague sous ses appâts, mais laissa la caisse sur place, bien en vue — personne ne penserait qu'on y cacherait quoi que ce soit.

La porte de la cuisine s'ouvrit et Vincent fit son apparition, l'air impatient :

— Je t'ai cherché toute la journée ! Ça a marché, Gédéon ? Combien as-tu obtenu pour la bague ?

— Je vois que tu es entré sans frapper ! Non, petit, je n'ai pas l'argent.

— Et pourquoi ?

L'air accablé du vieil homme montrait que quelque chose n'allait pas.

— Parce que le bijoutier n'était pas là pour me l'acheter.

— Ah ! Mais tu peux y retourner demain, non ?

— Non, Vincent.

— Pourquoi ?

— Parce qu'il est mort. On l'a tué hier soir, lors de la soirée à la demeure Ringling.

Vincent était là-bas le matin même, et il avait regardé la télé en attendant Gédéon. Il comptait vendre la bague à l'homme qu'on avait assassiné ! Il cessa un moment de songer à l'argent, trop occupé à assembler les pièces du puzzle. Et cette fois, c'était un vrai meurtre...

— Oui ! je connais cette histoire, Gédéon, j'ai vu les flics là-bas ce matin, et même le sang séché sur le banc !

— Ah bon ?

Vincent se mit à réfléchir. Dommage que le gars soit mort, mais après tout il y aurait d'autres bijoutiers pour acheter le rubis.

Gédéon s'assit à table et fit signe à Vincent de le rejoindre.

— Écoute-moi bien. J'aurais dû te dire ça plus tôt. Je pense que nous devrions donner la bague à la police.

— Ah non ! s'exclama le jeune garçon.

— Si ! Il le faut, Vincent. Ça pourrait les aider à savoir à qui appartenait la main.

— Mais ils le savent déjà ! répondit triomphalement l'enfant. Je viens de voir ça à la télé. C'est celle d'une femme qui vivait ici, à Sarasota.

— Depuis quand regardes-tu les journaux télévisés ?

— Depuis hier. Je voulais voir si j'allais repasser à la télé, et c'est bien ce qui est arrivé ! Et ils ont montré une photo de la femme ! Donc tu vois, la police n'a pas besoin de la bague.

Gédéon se leva et ouvrit le frigo. Il réfléchit à ce que Vincent venait de lui dire tout en se servant du thé glacé.

— Tu en veux ?

— Beurk ! fit Vincent. Bon, il faut que je rentre. Je dois m'occuper de mon frère et ma mère me tuera si je suis en retard.

Restait un problème urgent à résoudre :

— Il faut que j'aille aux toilettes avant de partir.

***

Il avait garé la voiture à peu de distance de l'allée où la Plymouth s'était arrêtée, et avait attendu quelques minutes en réfléchissant à ce qu'il fallait faire.

Le vieux avait l'air musclé, pour un type de son âge. Mais il n'était pas non plus un gringalet.

Il faisait encore jour, mais il serait sans doute inutile d'attendre la nuit. Si les maisons voisines étaient proches, toutes étaient séparées par d'épais fourrés de végétation. Il sortit de la voiture et marcha paisiblement vers la demeure du vieillard ; au cas où quelqu'un l'apercevrait, il n'était pas question d'éveiller les soupçons en ayant l'air d'un rôdeur.

Il y avait un vélo appuyé contre un mur de la maison, mais il n'y fit pas attention.

À travers le store de la porte, il aperçut le vieux, assis dans la cuisine, tournant le dos à la véranda.

***

Quelle excuse allait-il donner à sa mère, cette fois-ci ?

Vincent redoutait de rentrer à la maison. Il craignait la colère de sa mère, et n'avait aucune envie de passer une nouvelle nuit à entendre Mark tousser sans arrêt. Ce n'était vraiment pas juste. Maman travaillait déjà à l'heure du déjeuner, et voilà qu'elle allait aussi faire les soirées. Il était donc coincé.

Résigné, Vincent se leva, et allait tirer la chasse d'eau quand il entendit des voix de l'autre côté de la porte.

***

— Qui êtes-vous ? Qu'est-ce que vous voulez ? demanda Gédéon.

Il prit soin de parler fort, en espérant que l'enfant l'entendrait et se garderait de sortir des toilettes.

— Où est la bague ? Il me la faut.

— Je ne vois pas de quoi vous parlez.

— Laisse tomber, vieux crétin ! Tu l'as et je la veux, immédiatement !

Gédéon contempla la lame d'acier pointée vers lui. Mieux valait obéir, bien sûr, pas la peine de se faire tuer pour ça. Il fallait aussi que ce gars s'en aille avant que Vincent revienne des toilettes. Il se leva et frémit en croyant entendre la porte s'ouvrir.

L'homme avait également entendu un bruit. Il tourna la tête. Gédéon bondit aussitôt.

***

Vincent s'enferma en toute hâte.

Il grimpa sur la baignoire et s'efforça désespérément d'ouvrir la petite fenêtre qui la surplombait. Mais, gonflée par l'humidité, elle était bloquée.

On frappa violemment à la porte.

De toutes ses forces, l'enfant appuya sur la fenêtre, qui finit par s'entrouvrir. Un nouveau coup, puis un autre... On frappait de plus en plus fort.

***

La porte finit par céder. L'homme entra, tira le rideau de la douche. La fenêtre au-dessus de la baignoire était ouverte — mais seul un enfant ou un nain aurait pu s'échapper par là.

37

Dans sa chambre d'hôtel, Cassie suivit le journal télévisé de SNN, qui s'ouvrait sur un reportage sur le meurtre de Leslie Sebastien. « Quelle belle ville que Sarasota ! » songea-t-elle.

« *On en sait également davantage sur la main découverte hier à Siesta Beach... Les responsables de la police affirment que les empreintes digitales sont celles de Merilee Quinones, vingt-cinq ans, résidant à Sarasota. Selon nos informations, elle avait tourné plusieurs films pour adultes... La police poursuit son enquête.* »

Cassie songea aussitôt à la conversation qu'elle avait surprise lors de la soirée à la demeure Ringling. Était-il possible que la Merilee dont elle avait entendu parler, qui avait, paraît-il, écrit la chanson des Boys Next Door, soit celle dont on avait retrouvé la main sur la plage ? Voilà qui pourrait intéresser New York. Cette histoire de porno était par ailleurs très singulière. Ça valait la peine de creuser. Et y avait-il un point commun entre Merilee Quinones et le bijoutier ? et si oui, lequel ?

Cassie regarda le reste des infos locales, et s'intéressa tout particulièrement à la météo.

Sur Key News, ce qu'ils avaient tourné pendant la journée se réduisait à vingt secondes : des gens achetant des bouteilles d'eau minérale et des provisions dans un supermarché... La voix d'Elisa Blake expliquait que seuls les habitants de la partie Ouest de la Floride se préparaient à l'arrivée de l'ouragan.

« Quel gâchis ! »

Elle composa le numéro de sa maison en Virginie. La voix enregistrée de Jim lui répondit.

— Bonjour, c'est moi. J'appelais pour voir ce que vous deveniez. Tu me manques, Hannah !

Cassie raccrocha tristement. Où étaient-ils donc ? Sortis dîner avec Mme Cox ?

Elle ouvrit les rideaux, regarda dehors, en direction de la marina. Il restait encore deux heures avant le coucher du soleil et pourtant, le ciel au-dessus du golfe s'assombrissait dangereusement. Les palmiers étaient agités par le vent, les bateaux secoués par les vagues.

Leroy avait repoussé son idée d'aller tourner sur la marina. Demain elle insisterait pour qu'ils y aillent, afin d'interviewer Jerry Dean.

Il fallait qu'elle se montre plus sûre d'elle-même face à Leroy. Après tout, c'était elle la correspondante de la chaîne ! Mais ces derniers mois, elle s'était sentie si abattue qu'elle n'avait pas eu l'énergie ou le désir de remettre les choses à leur place. En fait, elle avait même été ravie qu'il s'occupe de tout. Cela ne pouvait pas continuer.

Le téléphone sonna.

— Allô ?

— Madame Sheridan ?

— Elle-même.

— Il y a là un jeune garçon qui voudrait vous parler. Il s'appelle Vincent Bayler.

Quel petit diable, celui-là ! Que voulait-il encore ?

— Dites-lui que j'arrive.

Mieux valait le rencontrer à la réception, histoire d'éviter de possibles malentendus.

38

Les Chambers tenaient à être prêts, et faisaient tout ce qui était recommandé en de pareilles circonstances. Charles avait rassemblé tous les papiers importants, glissé les bijoux de sa femme dans le four, placé les chaises longues dans le séjour, tandis qu'Etta glissait des vêtements propres dans un grand sac et couvrait de plastique l'ordinateur et les lampes. Ils attendraient de recevoir leur ordre d'évacuation avant de recouvrir aussi le poste de télé : c'était le fil qui les reliait au monde extérieur.

— Chérie, dit Charles, tu devrais te reposer un peu après ton opération. Je peux me charger de tout ça.

— Non, non, tout va bien. J'en ai terminé. Viens donc t'asseoir avec moi pour regarder les nouvelles.

— Je crains de ne pas avoir assez d'argent, je vais aller au distributeur, dit Charles.

— Pas maintenant, chéri ! Tu iras demain.

— Mais demain, il sera à sec ! Je reviens tout de suite.

Etta attendit donc seule que le journal télévisé commence. Le reportage sur le meurtre du bijoutier l'affligea. Pauvre M. Sebastien !

Mais la suite l'inquiéta davantage encore. La main trouvée sur la plage était celle d'une actrice de films pornographiques !

Quand Charles apprendra ça ! Etta se rendit à la cuisine pour se servir à boire, en se demandant si vraiment ils avaient eu raison de venir s'installer ici.

39

Vincent marchait de long en large, surveillant à la fois l'ascenseur et sa bicyclette, qu'il avait laissée dehors. Il avait pédalé aussi vite que possible depuis la maison de Gédéon, et il était tout rouge.

Il ne voyait pas quoi faire d'autre. Pas question de retourner chez sa mère, elle serait furieuse. Rien ne se serait passé s'il avait donné la bague à la police.

Il était terrifié.

Cette fois, il était allé trop loin, et l'angoisse le saisissait. Comment allait Gédéon ? Il aurait dû s'arrêter pour appeler une ambulance, mais il s'était éloigné à toute allure, pour venir voir cette journaliste de la télévision. Elle saurait quoi faire — mieux que sa mère, en tout cas.

Il faut faire confiance à son instinct, lui avait dit Cassie le matin même. Il espérait avoir eu raison de venir ici.

Quand la porte de l'ascenseur s'ouvrit, Vincent se souvint brusquement.

Mark.

Il était censé veiller sur son frère.

***

Le Seven-Eleven avait un annuaire que le tueur parcourut. Barnes, Bates, Baxter... Bayler. Il arracha la page.

Il avait tout retourné dans la maison du vieux, sans trouver ce qu'il cherchait. Peut-être la bague était-elle chez le gamin. Vincent Bayler, celui qu'on avait vu à la télé. C'était peut-être lui qui se cachait dans les toilettes.

Il avait faim, tout d'un coup : il dévora un muffin, but un soda à la cerise, puis alla payer au comptoir.

— Comment est-ce qu'on va Calle de Perú ? demanda-t-il.

***

— Vincent, dit Cassie, calme-toi ! Calme-toi ! La première chose à faire, c'est d'appeler la police.

Il ne tenta même pas de l'en dissuader : elle avait raison. Des larmes lui vinrent aux yeux en pensant à Gédéon, qui était peut-être mort. Il imagina une flaque de sang entourant un cadavre, comme à la télévision. Mais cette fois, ce serait réel.

Il donna l'adresse du vieil homme à Cassie et l'écouta tandis qu'elle téléphonait. Jamais sa mère n'aurait pu prendre un ton aussi calme, aussi posé. Tout en parlant, elle fit le geste d'écrire sur un bloc, et lui désigna la réception. Il alla chercher un bloc et un stylo.

Cassie nota le nom de l'adjoint du shérif, ainsi que l'heure. Ensuite, elle raccrocha et composa un autre numéro.

— Leroy ? C'est Cassie. J'ai besoin de la camionnette.

***

Wendy avait déjà une heure de retard et ne pouvait plus attendre. Son patron avait appelé deux fois, et fini par lui dire que si elle ne venait pas, mieux vaudrait qu'elle cherche un nouvel emploi.

— Mark, je suis sûr que Vincent sera là dans quelques minutes, dit-elle d'un ton qu'elle espérait calme. Tout ira bien, tu ne seras seul qu'un petit moment.

Si son aîné avait été là, elle lui aurait tordu le cou !

Mais Mark se contenta de hocher la tête d'un air grave.

— Très bien, chéri. Je ferme les portes à clé, n'ouvre à personne, sauf à Vincent. Je t'appellerai du restaurant, si quelqu'un d'autre téléphone, ne dis pas que tu es seul à la maison, simplement que ta mère prend une douche et qu'elle rappellera ensuite. C'est promis ?

— Promis, maman.

Wendy prit son sac à main et embrassa son fils sur le front :

— Sois sage !

— Oui, maman.

Elle sortit, ferma la porte et s'assura qu'elle était verrouillée. Puis elle prit la direction de l'Old Salty Dog sans perdre de temps.

Elle ne remarqua pas la luxueuse voiture garée un peu plus loin dans la rue.

***

Cassie et Vincent placèrent la bicyclette à l'arrière de la Jeep.

— Ma mère va me tuer ! Je devais garder mon frère pendant qu'elle est au travail ! Elle a essayé une fois de l'emmener là-bas et a failli perdre son boulot ! Il toussait sans arrêt et faisait peur aux clients !

— Tu devrais l'appeler, dit Cassie en sortant son portable.

Il n'en avait aucune envie, mais obéit et compta quatre sonneries avant que son frère ne réponde.

— Mark ? C'est moi, Vincent. Passe-moi maman.

Le petit garçon, fidèle à sa promesse, répondit :

— Elle est sous la douche, elle te rappellera.

— C'est bien ! s'écria Vincent, soulagé. Dis-lui que je suis en route et que je serai là dans dix minutes.

***

Mark ne savait pas trop ce que « dix minutes » pouvait bien représenter. Un bref délai, sans doute, car on frappa à la porte juste après qu'il eut raccroché.

— Vincent ? demanda-t-il.

— Police. Ouvrez !

La seule expérience que Mark eût de la police, c'était quand elle était venue parce qu'il toussait trop fort. C'était peut-être le même policier ? Ses petites mains s'affairèrent sur la serrure.

40

— Je peux venir avec toi, si tu veux, proposa Cassie quand ils s'arrêtèrent devant chez les Bayler.

— Oui, ce serait bien.

Vincent ne voulait pas l'admettre, mais après ce qui s'était passé chez Gédéon, il n'avait aucune envie de se retrouver seul avec son frère dans la maison.

La porte de devant n'était pas verrouillée. Qu'est-ce que Mark avait encore fait ? Il aurait pourtant dû savoir : leur mère leur disait toujours de s'enfermer quand elle n'était pas là.

— Mark, c'est moi ! dit-il en entrant dans le minuscule séjour avec Cassie.

Un pauvre décor, des meubles fatigués... Elle songea à sa maison en Virginie. Hannah ne connaissait pas son bonheur !

La porte donnant sur la chambre était entrouverte, il en venait un air froid.

— Mark, crétin, tu sais pourtant qu'il faut fermer la porte ! lança Vincent, exaspéré, en entrant dans la pièce. La télévision était allumée, un verre de jus de pomme était posé à côté d'un album à colorier et de crayons de couleur éparpillés sur le sol. Le lit était vide.

Vincent alla voir aux toilettes, mais elles étaient vides aussi.

— Oh là là ! Je vais avoir des ennuis ! Ma mère a dû l'emmener au travail. La dernière fois qu'elle l'a fait, je n'ai pas pu m'asseoir pendant une semaine !

« Jamais je n'ai levé la main sur Hannah, songea Cassie en voyant combien l'enfant avait l'air inquiet. Je n'étais peut-être pas là très souvent, mais elle n'était jamais seule. » Et quand Cassie était à la maison, elle s'efforçait de compenser, veillant à ce que sa fille ne manque de rien. Peut-être était-ce là l'erreur ?

Trop de choses, pas assez de temps ensemble. Accepter les bouderies, les accès de colère, les excuser à cause de son propre sentiment de culpabilité.

— Je suis sûre que ta mère comprendra si tu lui expliques tout.

— Je n'en suis pas sûr, répondit Vincent, l'air sombre.

Cassie fut tentée de le prendre dans ses bras, mais se retint :

— Tu aimerais que j'aille la voir avec toi ?

— Vous feriez ça ? demanda-t-il, soudain plein d'espoir.

— Bien sûr. Allez, on y va.

41

— Vous n'avez pas l'air d'un policier.

— Tous les policiers n'ont pas d'uniformes.

— Et ça n'a pas l'air d'une voiture de police.

— Pourtant, c'en est une.

— Elle n'a pas de lumière sur le toit ?

— Non, c'est un véhicule banalisé.

Mark regarda par la vitre :

— Vous m'avez dit que ma mère voulait que vous m'emmeniez là où elle travaille ! Ce n'est pas le chemin !

L'homme appuya sur le bouton qui verrouillait toutes les portières.

42

Heureusement qu'il avait une épouse compréhensive ! Danny avait entendu ses collègues se plaindre que les leurs maugréaient quand ils devaient travailler trop longtemps. Sa femme et lui avaient ouvert un compte épargne sur lequel il déposait le produit de ses heures supplémentaires, et qui servirait à financer les études de leur fils. Colleen lui avait toujours dit qu'ils ne faisaient qu'un. Elle tenait son rôle et s'occupait de la maison tandis qu'il partait gagner sa vie, même si bien entendu elle tenait à ce qu'ils soient réunis le plus souvent possible.

Et ces jours-ci, il y aurait bien du boulot en plus. L'ouragan approchait, il y aurait beaucoup à faire. Les services de police dirigeaient les évacuations en cas de nécessité, et cela devenait de plus en plus probable.

Danny Gregg fut le premier à arriver sur les lieux, mais il savait que les renforts ne tarderaient pas. Il avertit ses collègues par radio pour leur signaler sa position.

Il sortit de sa camionnette, la main posée sur son arme encore à sa ceinture, et s'avança vers la maison. Il entendit une sirène qui se rapprochait.

Il frappa à la porte en criant : « Police ! » Sans attendre, il ouvrit et entra dans la cuisine. Une chaise était renversée, tous les placards et les tiroirs grands ouverts.

Danny entendit un geignement ; il se tourna, vit un vieil homme étendu sur le sol et se précipita vers lui.

Des cheveux blancs, un visage buriné et bronzé, mais qui virait déjà au gris. Danny reconnut le pêcheur qui, la veille, était en compagnie du petit Bayler.

— Tout ira bien, dit-il d'une voix apaisante. Tout ira bien.

Danny entendit l'ambulance s'arrêter dans l'allée. Le vieillard eut un geste de la main. Le policier la saisit : elle était couverte de sang.

— Vincent..., chuchota Gédéon.

Il ne dirait plus jamais rien.

43

Cassie reconnut la serveuse blonde qui leur avait apporté à manger cet après-midi même. Wendy prcnait une commande qu'elle notait sur son bloc, en souriant à ses clients. Mais elle prit un air inquiet en apercevant son fils.

— Qu'est-ce que tu fais ici ? Tu devrais être à la maison, avec Mark !

— Je croyais qu'il était avec toi, répondit l'enfant.

— Je l'ai laissé là-bas, à t'attendre ! Ça va mal se terminer pour toi ! Tu aurais dû rentrer voilà deux heures !

Apercevant son patron dans l'entrée, elle se pencha et baissa la voix :

— Je m'occuperai de toi plus tard ! Rentre auprès de lui !

— Mais maman...

— Laisse tomber ! Fiche le camp !

Cassie intervint :

— Madame Bayler, je m'appelle Cassie Sheridan.

Wendy la regarda :

— Je vous connais, non ?

— Je suis venue déjeuner ici tout à l'heure.

— Ah, oui ! dit Wendy l'air perplexe.

— Je suis la correspondante de Key News, j'ai rencontré Vincent alors que je travaillais sur un reportage.

— J'espère qu'il n'a pas été trop insupportable !

— Pas du tout. Mais je viens juste de le ramener chez vous et... son frère n'était pas là.

— Bien sûr que si ! Je l'ai laissé là-bas il y a une demi-heure à peine ! s'écria Wendy, d'une voix perçante.

— Désolé, madame Bayler. Mark n'y était pas.

44

Fort heureusement, la rue était déserte : personne ne remarquerait le gamin en larmes assis à côté de lui.

Il commanda l'ouverture de la porte du garage souterrain, où il fit entrer la voiture avant de couper le contact.

— Allez, on sort !

— Je veux rentrer ! Je veux ma maman ! dit l'enfant avant de se mettre à tousser.

— J'ai du Coca, dit l'homme. Viens, tu pourras en boire, tu te sentiras mieux.

La toux de Mark ne fit que croître.

— Qu'est-ce que tu as ? Tu as pris froid ?

— Non, j'ai besoin d'un traitement.

— D'un traitement ?

— La marteleuse.

— Qu'est-ce que c'est ?

— Il faut me taper sur la poitrine, sinon je ne peux plus respirer.

— Bon Dieu !

De nouveau accablé par la toux, Mark se laissa emmener dans l'immeuble. L'homme le prit par le bras et le fit entrer dans une petite pièce. Des volets de métal, installés en prévision de l'ouragan et déjà baissés, bouchaient les fenêtres. L'homme alluma une lampe.

— Assieds-toi et repose-toi un peu, dit-il en désignant un sofa. Je vais te chercher du Coca.

Mark l'entendit pousser un verrou du dehors. Toussant et geignant, il regarda autour de lui. Un poste de télévision, des affiches de cirque, une coiffeuse avec un miroir entouré d'ampoules électriques, sur laquelle on apercevait des flacons et des tubes, des brosses et de la poudre, comme en avait sa mère. Le fait de penser à elle lui arracha de nouveaux sanglots.

45

Pour la seconde fois, Danny Gregg entendit l'adresse :

— Un enfant a disparu, 603 Calle de Peru.

Les inspecteurs qui fouillaient la maison dévastée entendirent l'appel à la radio.

— Vas-y, Danny, dit l'un d'eux. On finira le boulot ici.

Il jeta un dernier coup d'œil à Gédéon, dont on avait recouvert le corps d'un drap, puis sortit. Le cœur lourd, il prit le chemin de la maison des Bayler. Il connaissait son métier, mais n'avait encore jamais eu à s'occuper d'un meurtre. Le matin même, il avait presque regretté de ne pas s'être vu confier l'enquête sur celui de la demeure Ringling, en pensant que cela lui aurait donné un peu plus d'expérience. Mais maintenant qu'il en avait vu un, il doutait de pouvoir jamais s'habituer à ce genre d'événements. Il n'y tenait d'ailleurs pas.

Que se passait-il donc dans cette ville, si calme d'ordinaire ?

Mme Bayler et Vincent l'attendaient dehors, avec une femme d'allure élégante qu'il ne reconnut pas. Il écouta Wendy, au bord de l'hystérie, lui raconter ce qui s'était passé.

— Très bien, madame Bayler. Surtout, pas de panique. Mark est peut-être sorti, il se pourrait qu'il soit chez un voisin.

— Mais je lui ai dit de ne pas quitter la maison ! Et il ne me désobéit jamais, contrairement à son frère !

Vincent baissa la tête ; Danny eut de la peine pour lui.

— Écoutez, je vais appeler le quartier général pour avoir un peu d'assistance. Nous retrouverons votre fils, madame Bayler. Ne vous inquiétez pas.

Wendy hocha la tête et s'assit sur la véranda, la tête entre les mains. Cassie suivit le policier jusqu'à sa camionnette.

— Excusez-moi. Je m'appelle Cassie Sheridan, je suis de Key News. C'est moi qui ai appelé la police ce soir, pour une autre raison.

Elle prit son carnet et lui donna l'adresse de Gédéon.

Il la regarda. L'appel avait bien été enregistré.

— Comment se fait-il que ce soit vous qui ayez appelé ?

Elle eut un signe de tête en direction de Vincent, assis à côté de sa mère et la serrant dans ses bras :

— Il est venu me voir et m'a raconté qu'il était là-bas quand quelqu'un est entré.

— Je crois que nous allons parler de ça tous ensemble. Mais pour le moment, il faut retrouver son frère.

Il lança un appel radio. Cassie attendit, puis lui posa une dernière question :

— Et Gédéon ?

— Il est mort, madame Sheridan. Poignardé. On dirait un cambriolage qui a mal tourné. Mais à en juger par l'état des lieux, je doute qu'il y ait eu grand-chose à voler.

46

Mercredi 21 août

C'est à minuit passé que Cassie revint péniblement à l'hôtel. Les recherches menées auprès des voisins des Bayler n'avaient rien donné ; personne n'avait vu Mark.

Wendy était à ce point bouleversée qu'il avait fallu la mettre sous sédatif ; Cassie était restée jusqu'à ce qu'elle s'endorme. On ne savait plus qui plaindre le plus : la mère, Mark ou Vincent, qui se sentait responsable de la disparition de son frère. Cassie lui proposa de rester, mais il refusa :

— Tout ira bien, dit-il en essayant de faire bonne figure. Je peux m'occuper de ma mère.

— Tu es sûr ? Ce ne serait pas compliqué, je dormirais sur le sofa.

— Non, mieux vaut que je sois avec ma mère. J'ai fait assez de sottises aujourd'hui.

En partant, Cassie s'arrêta pour discuter avec Danny Gregg.

— Nous continuerons à passer les environs au peigne fin. Demain, quand il fera jour, nous pourrons nous attaquer aux canaux environnants.

Elle n'y avait pas pensé :

— Montrez-moi le plus proche, que je puisse aller voir.

— Non, dit le policier en secouant la tête. Nous avons déjà patrouillé le long des rives. Même avec des torches, il fait trop sombre pour en voir davantage cette nuit. Vous ne connaissez pas l'endroit, et ce n'est pas la peine que quelqu'un coure des risques.

— Mais on ne peut quand même pas laisser un petit garçon tout seul toute la nuit !

— Nous ne pouvons rien faire de plus. Des voitures de patrouille parcourront le secteur, et nous intensifierons les recherches dès l'aube.

Quand elle revint à l'hôtel, Cassie se sentait au bord de la nausée. Elle se souvenait d'avoir une fois perdu Hannah, alors toute petite, dans un grand magasin de vêtements. Elle avait couru entre les rayons en hurlant son nom comme une folle, et quelques minutes plus tard sa fille avait réapparu dans les bras d'un employé. Mais ces quelques instants lui avaient paru durer une éternité. Ce souvenir la faisait encore frémir. Dieu merci, elle n'avait jamais eu à s'endormir sans savoir où était Hannah.

Elle voulut les appeler. Tant pis s'ils dormaient.

Jim répondit à la première sonnerie.

— Je t'ai réveillé ?

— Non, je lisais et je voulais finir mon livre.

— Comment va Hannah ?

— Très bien.

— Qu'est-ce qu'elle fait ?

— Comment ça ? Elle est au lit !

Sans doute n'aurait-elle pas dû se laisser aller à ses émotions, mais après tout Jim et elle avaient vécu des années ensemble, et tous deux adoraient leur fille. Cassie raconta donc l'histoire à la seule personne au monde qui tînt autant à Hannah qu'elle-même.

— Mon Dieu ! C'est vraiment abominable. La pauvre femme !

— Jim, peux-tu imaginer perdre Hannah ?

— Je ne veux même pas y penser.

— Moi non plus.

Elle sentit les larmes venir, mais peu lui importait qu'il s'en rende compte. Elle était lasse, vulnérable, seule, très loin de ceux qu'elle aimait.

— Chérie, ne pleure pas.

« Chérie » ! Comme ce mot lui manquait !

— J'ai tout gâché, Jim, n'est-ce pas ?

— Chacun de nous y a mis du sien, Cassie.

Elle déglutit :

— Crois-tu qu'il y ait une chance que ça s'arrange ?

Il soupira :

— Je n'en sais rien. Mais je sais que j'ai besoin de quelqu'un qui soit marié avec moi, pas avec son travail.

Une remarque douloureuse, mais franche — et au moins ce n'était pas un « non ».

Cassie s'endormit en espérant qu'ils pourraient se réconcilier.

47

Il ne pouvait pas dormir : les quintes de toux venant de la chambre le rendaient fou. Il fallait vraiment se débarrasser du môme, mais d'abord il devait récupérer la bague.

Il sortit la page arrachée dans l'annuaire, qu'il avait

glissée dans la poche de poitrine de sa chemise, déposée sur une chaise.

Si la mère répondait, il raccrocherait. C'était au gamin qu'il voulait parler.

— Allô ?

Dans le mille !

— Tu veux revoir ton frère ?

— Qui êtes-vous ?

— Peu importe. J'ai ton frère, et tu as ce qui lui permettra de revenir chez vous entier.

— Qu'est-ce que vous voulez ?

— La bague.

— Quelle bague ?

— Ne joue pas au plus malin avec moi. Toi et moi savons de quoi il s'agit.

— Mais je ne l'ai pas !

— Écoute, je n'ai pas le temps de jouer au plus fin. Et ton petit frère non plus.

— Mark va bien ?

— Oui. Mais il tousse horriblement.

— Il a la mucoviscidose, il lui faut son traitement.

— Ça dépend de toi, Vincent. Rends-moi la bague et ton frère pourra rentrer chez vous.

— Comment savez-vous mon prénom ?

— Tu es une vraie vedette de la télé, mon gars. Bien : finissons-en avec les bavardages. Si tu veux revoir ton frère, donne la bague.

Il y eut un silence à l'autre bout du fil.

— Alors ?

— Bon. Je ne l'ai pas sur moi, mais je peux la récupérer.

— Quand ?

— Demain.

— Très bien. Tu vois le court de tennis de Siesta Beach ?

— Oui.

— Mets la bague dans un sac en plastique, et place-la sous la poubelle qui se trouve dans un coin. Et avant midi.

— D'accord. Et mon frère reviendra ?

— Il reviendra quand je le jugerai bon. Vincent, tu as l'air d'être un petit malin. Pas de bêtises, surtout ! Si jamais tu appelles la police, tu ne reverras jamais ton frère.

Il raccrocha, alluma l'ordinateur et tapa « mucoviscidose ». Le moteur de recherche lui donna plus de 45 000 références. Il lut plusieurs informations sur la maladie et se sentit pris de fureur : il se trouvait face à une complication imprévue.

Mark Bayler pouvait mourir.

48

Il faisait déjà chaud et humide à New York quand Range Bullock arriva en avance aux studios. Yelena Gregori lui avait laissé entendre de quoi elle comptait discuter avec lui, et cette perspective ne l'enchantait guère.

La secrétaire n'était pas encore là : il traversa la pièce vide et frappa à la porte.

— Entrez, Range.

Elle l'invita à s'asseoir puis passa immédiatement aux choses sérieuses.

— Range, Valeria Delaney va devenir officiellement correspondante judiciaire de la chaîne. Elle fait ce boulot depuis des mois et elle le mérite.

— Je croyais que nous devions attendre de voir comment tournait le procès qui nous est intenté.

— Oui, mais le plan a changé. Le contrat de Valeria arrive à son terme, son agent nous dit que ABC et CBS sont intéressés. Si elle n'est pas nommée officiellement, elle s'en va. Et il n'est pas question de la perdre, Range.

— Et Cassie ?

Yelena soupira :

— C'est une situation bien pénible, mais c'est comme ça. J'ai bien peur qu'en définitive, nous devions nous en séparer.

— Et qui va se charger de la prévenir ? demanda Range, mal à l'aise.

Après tout, c'était lui qui avait demandé à Cassie de citer le nom de Maggie Lynch à l'antenne.

— Je la préviendrai pour Valeria, mais je ne lui dirai pas qu'elle restera au placard tant que la plainte contre nous n'est pas réglée.

49

C'était bien la peine d'avoir menti la veille. Ce matin, il se sentait vraiment épuisé, mais quand Brian téléphona pour dire qu'il était malade, la chaîne ne voulut rien savoir.

SNN comptait couvrir l'histoire du petit garçon disparu. L'essentiel du journal de midi serait consacré à l'ouragan : on avait des ordres d'évacuation, il allait falloir filmer les gens barricadant leurs fenêtres et quittant les lieux pour échapper à Gisèle. Tout le monde sur le pont!

Brian Mueller arriva donc au studio pour savoir ce qu'il aurait à faire.

— Tony et toi partez à Siesta Beach pour voir ce que vous pourrez trouver. Il nous faut quelques plans de la plage, des voitures qui quittent les lieux, des interviews de gens dans la rue. La routine, quoi!

Brian hocha la tête. Le cyclone n'était pas exactement un événement banal, mais les principes de base restaient les mêmes : son job était de recueillir les images qui permettraient de raconter une histoire.

— Au fait, Brian : arrêtez-vous 603 Calle de Peru et voyez ce que pouvez en tirer.

— Qu'est-ce qui se passe? demanda le cameraman, qui se sentait vraiment mal.

— Un gamin de cinq ans a disparu depuis la nuit dernière.

— Super, répondit Brian d'un ton morne.

C'était vraiment le moment! La police était déjà très occupée par l'ouragan, elle ne pourrait sans doute pas consacrer beaucoup d'efforts au gamin.

50

— Cassie Sheridan, ligne trois, annonça l'assistant.

Range fronça les sourcils en prenant le téléphone :

— Qu'est-ce qui se passe, Cassie ?

— On dirait bien que c'est ici que l'ouragan va frapper, Range. Les autorités locales ont ordonné l'évacuation, les résidents ont vingt-quatre heures pour quitter les lieux.

— D'accord. Je vous place en tête de liste.

— On va se mettre en route, dit Cassie, qui ajouta : il se passe quelque chose d'autre qui pourrait être intéressant. Il y a eu deux morts qui pourraient être liées aux Boys Next Door. Une femme qui affirmait avoir écrit leur nouveau hit et un homme qui a assisté à leur concert ici, avant-hier soir.

La curiosité de Range fut piquée. Les téléspectateurs étaient toujours fascinés par les scandales touchant les vedettes du spectacle. Certes, le journal du soir était surtout regardé par une tranche d'âge qui ne comptait guère de fans du groupe, mais ce pourrait être une bonne histoire quand même.

— Vois ce que tu peux trouver là-dessus, répondit-il, et préviens-moi.

Il raccrocha, un peu gêné, et avala un comprimé contre les maux d'estomac — le flacon était toujours sur son bureau. Il avait parlé à Cassie comme si de rien n'était. S'il s'était vraiment comporté en ami, il aurait pu lui apprendre que Valeria Delaney allait être promue. Mais il n'y tenait guère. Après tout, la carrière de Cassie Sheridan ne dépendait pas de lui. Du moins préférait-il le penser.

***

Cassie passa un autre appel avant d'aller rejoindre Leroy et Félix à la réception.

— Allô ? dit une voix ensommeillée.

— Madame Bayler ? C'est Cassie Sheridan.

— Oui.

— Je voulais simplement savoir s'il y avait du nouveau pour Mark.

— Rien.

Que répondre ?

— J'en suis navrée, dit-elle faute de mieux.

Il y eut un sanglot à l'autre bout du fil.

— Est-ce que je pourrais parler à Vincent, madame Bayler ?

— Il n'est pas là. Il a dit qu'il voulait partir à la recherche de son frère, je n'ai pas pu l'en empêcher.

51

Vincent attendit qu'il y ait un peu moins de voitures sur Beach Road pour traverser et courir vers la maison de Gédéon. Les palmiers ondulaient sous le vent, la pluie commençait à tomber d'un ciel gris menaçant.

La police avait scellé les portes de la petite maison,

mais il n'y avait personne pour surveiller les lieux. Vincent espéra qu'ils étaient tous à la recherche de Mark.

La vieille Plymouth de Gédéon était dans l'allée. Le jeune garçon tenta en vain d'en ouvrir une portière. Les policiers avaient dû les verrouiller.

Il marcha vers le bungalow. S'il trouvait la bague, Mark serait libre.

Il eut un instant d'hésitation puis arracha l'adhésif jaune placé sur la porte à l'arrière de la maison, qu'il tenta d'ouvrir, en vain. Il sortit de sa poche un trousseau de clés — Gédéon lui avait donné la sienne.

Il entra dans la cuisine et fut accueilli par une odeur d'ail familière. « C'est parfait pour le poisson, disait le vieil homme, ça lui donne meilleur goût. » Il en mettait dans tout, à tel point que même les rideaux de coton aux fenêtres en étaient imprégnés.

Vincent sentit les larmes lui monter aux yeux. Jamais plus il ne verrait Gédéon frire sa dernière prise sur le vieux réchaud. Plus jamais il ne lui raconterait d'histoires de trésors enfouis. Il avait perdu son meilleur ami.

Il s'essuya la joue. Pas question qu'en plus, il perde son frère — du moins tant qu'il pourrait y faire quelque chose.

Et il le pouvait. Il fallait retrouver la bague.

Pendant une demi-heure, il fouilla partout, comme l'agresseur et les policiers avant lui, en espérant qu'ils avaient négligé quelque chose. Mais il n'en était rien.

Où diable le vieil homme avait-il pu cacher la bague ?

Vincent s'efforça de penser comme son ami l'aurait

fait. Rien. Il sortit machinalement sur la véranda située à l'arrière, et remarqua la caisse où Gédéon rangeait son matériel de pêche. C'était bizarre; il y tenait comme à la prunelle de ses yeux.

Cela valait la peine d'essayer.

Vincent souleva le couvercle de métal et, sous un amas d'appâts et d'hameçons, trouva ce qu'il cherchait.

52

Une pluie tiède vint tremper leurs cirés jaunes quand Cassie, Leroy et Félix sortirent de la camionnette garée sur le parking de la marina. Tandis que le cameraman préparait son matériel, les deux autres coururent vers les quais, en quête d'images exploitables. Des dizaines de bateaux oscillaient sur les eaux grises, des hommes en short, bottes de caoutchouc et capuchon s'affairaient à les protéger alors que l'averse s'intensifiait.

— Il sait que nous arrivons? demanda Leroy.

— Nous n'avions pas fixé de rendez-vous précis, mais il m'a dit hier qu'il était d'accord.

Repoussant une mèche trempée qui lui tombait dans les yeux, Cassie repéra le propriétaire de la marina grâce à sa casquette orange vif: Jerry Dean était au bout du quai principal, en conversation avec quelqu'un.

— C'est lui ! dit-elle à Leroy en le désignant de la main.

Elle s'avança vers l'homme. Les planches de bois crissaient sous ses pieds.

— Jerry ?

Il se tourna vers elle, sourcils froncés, l'air mauvais.

— Cassie Sheridan, de Key News. Je sais que ce n'est guère le moment, mais pourriez-vous nous consacrer quelques minutes ?

— Je ne sais vraiment pas ! J'ai du travail par-dessus la tête !

C'était un aspect du métier que Cassie détestait : convaincre les gens de se laisser interviewer, les cajoler, alors qu'ils pensaient à tout autre chose d'infiniment plus important. C'était vraiment les envahir. Mais rien ne vaut l'élément humain si l'on veut une bonne histoire.

— Quelques questions seulement, Jerry, je vous promets d'être rapide. Ensuite, si vous en êtes d'accord, nous prendrons quelques plans de la marina et des bateaux.

Elle jeta un coup d'œil à l'homme avec qui Jerry parlait quelques secondes auparavant. Un bel homme qui lui était vaguement familier, mais elle ne pouvait en dire plus.

— Bon, dit Jerry, résigné. Je vous l'ai promis, donc ça tient, mais faisons vite !

Cassie fit signe à Leroy et Félix. Le technicien plaça un protège-vent sur le micro, qu'il tendit à la jeune femme, et mit sa caméra sur l'épaule.

— On peut y aller dès que tu seras prête, annonça-t-il.

Cassie posa donc sa première question :

— À quoi vous attendez-vous exactement ?

Jerry soupira :

— Le service météo a publié une mise en garde pour presque toute la côte Ouest. J'espère que l'ouragan ne nous frappera pas trop fort, mais je me prépare au pire.

— Et que faites-vous ?

— Nous amarrons les bateaux aussi solidement que possible. Ensuite, tout dépendra de mère Nature !

— Combien en avez-vous ici ?

— Près de deux cents.

— Combien valent-ils ?

Jerry réfléchit un instant :

— Des millions de dollars.

— Ils sont assurés ?

— Oui, bien sûr. Mais on n'est jamais complètement remboursé. Et parfois, quand les gens ont perdu le leur, ils n'ont pas le cœur d'en acheter un autre.

— Tout ça n'est donc pas bon pour vous.

Il la regarda d'un air furibond :

— Évidemment ! Je pourrais mettre des années à m'en remettre !

Il était à bout de patience ; Cassie préféra en rester là :

— Je crois que cela suffira. Merci infiniment.

***

Félix filma les mouettes blotties en bordure des quais, les ailes dégoulinantes de pluie et les lourdes cordes qui amarraient les luxueux bateaux. Il ne cessait de s'interrompre pour essuyer les gouttes de pluie sur l'objectif.

— Il nous faudrait le propriétaire d'un bateau, dit Leroy.

Cassie examina les lieux. L'homme qui discutait avec Jerry les regardait. Elle marcha vers lui et ne prit pas la peine de se présenter de nouveau.

— Vous avez un navire ici ?

L'homme acquiesça de la tête :

— En effet, là-bas, dit-il en le montrant du doigt.

— Il est très beau.

— Merci. J'espère qu'il va s'en sortir.

— Accepteriez-vous de dire quelques mots devant la caméra ?

— Oui, bien sûr.

Cassie fit donc une brève interview, à l'issue de laquelle elle lui demanda son nom.

— Dr Harrison Lewis.

La mémoire revint à Cassie :

— Vous étiez à la demeure Ringling l'autre soir, n'est-ce pas ?

— Oui. Je vous ai remarquée là-bas, je crois que c'est réciproque. Mes amis m'appellent Harry.

Elle se sentit rougir et fut soulagée que Félix intervienne :

— Nous avons déjà de bonnes choses, mais il faudrait peut-être filmer sous un autre angle. Par exemple sur l'eau, pour avoir une vue d'ensemble de la marina.

Cassie comprit sans peine où il voulait en venir.

— Félix, comment faire ? Les bateaux ne sont pas censés sortir en mer.

— Je pourrais vous emmener, dit le médecin.

— Vous feriez ça ?

— Pourquoi pas ? J'ai déjà navigué dans des conditions bien pires. De toute façon, nous sortirons simplement de la marina : vous prendrez vos images et nous reviendrons. Personne ne se doutera de rien !

53

Wendy était allongée sur le sofa, Danny Gregg assis à côté d'elle sur une chaise. Quand Vincent, trempé jusqu'aux os, entra dans le séjour, le regard de sa mère s'illumina. Mais cette lueur d'espoir s'éclipsa bien vite, lorsqu'elle vit qu'il rentrait seul.

— Va prendre une serviette, dit-elle à son fils d'un ton morne.

— Si seulement nous avions quelqu'un qui puisse rester avec vous, madame Bayer ! dit le policier. Mais tous nos hommes sont occupés par l'ouragan. Il y a beaucoup à faire depuis qu'on a ordonné l'évacuation.

— Je n'ai besoin de personne. Je voudrais simplement que vous soyez tous à chercher Mark.

— Mais c'est ce que nous faisons, protesta Danny, un peu mal à l'aise.

Quelques hommes patrouillaient bien en quête du

gamin, mais les autres devaient se charger d'évacuer des milliers de personnes. Cette disparition survenait au plus mauvais moment possible. À supposer, bien entendu, que c'en soit vraiment une.

— Madame Bayler, il m'est très pénible de vous poser la question, mais j'y suis contraint. Beaucoup de disparitions d'enfants sont en fait l'œuvre d'un ex-conjoint. Pensez-vous qu'il y ait une chance que le père de Mark l'ait emmené ?

— Quelle idée ! rétorqua Wendy, l'air méprisant. Cela fait des années que Vinny n'a pas pris la peine de venir voir ses enfants, ni d'envoyer un peu d'argent pour eux. Il n'était d'ailleurs pas très heureux de les voir naître. Je ne vois pas pourquoi, tout d'un coup, il aurait la fibre paternelle.

Danny jeta un coup d'œil en coin à Vincent, qui écoutait, les yeux écarquillés. C'est toujours agréable d'apprendre que votre père ne veut pas de vous.

— Quand même, sauriez-vous où nous pouvons le contacter ?

— Je n'en sais rien. La dernière fois que j'ai entendu parler de lui, il vivait je ne sais où à Miami avec une Cubaine. Je crois qu'elle lui a donné un fils. Encore une victime !

Vincent quitta la pièce et s'enferma dans sa chambre.

***

Il s'efforça de ne pas penser à ce qu'il venait d'entendre. Il n'avait pas le droit de songer aux paroles cruelles de sa mère. Il fallait retrouver Mark.

Il fut tenté de retourner dans le séjour pour révéler au policier que le kidnappeur avait appelé. Mais il avait regardé assez de films à la télévision pour savoir qu'appeler la police ne garantit pas que l'histoire se finit bien. Il lui arrivait de commettre des erreurs. Ou bien les kidnappeurs paniquaient, et leur victime mourait.

L'homme lui avait d'ailleurs enjoint de ne pas prévenir les policiers, et Vincent préférait lui obéir.

Il ôta son tee-shirt trempé, le jeta par terre, en mit un nouveau et s'allongea sur le lit de Mark. Quand son frère serait revenu, il se montrerait plus gentil avec lui. Il fouilla dans ses poches et caressa la bague.

La télévision lui avait également appris que verser une rançon ne garantissait pas le retour de la personne kidnappée. Vincent comptait tenir sa promesse, mais il voulait être sûr que le ravisseur tiendrait la sienne.

Il se leva et alla chercher dans son placard la boîte en carton qui abritait sa collection de coquillages, qu'il vida sur le sol. Il enroula le cordon électrique autour de la marteleuse, préférant ne pas penser que, depuis son enlèvement, Mark n'avait pas reçu son traitement. Il déposa la marteleuse dans la boîte, avec un flacon de médicament. Il arracha la couverture d'un album à colorier de son frère et écrivit quelques phrases au dos. Il les relisait quand on frappa à la porte.

— Vincent ! dit sa mère.

Il plia le bout de papier en quatre, le glissa dans la boîte qu'il dissimula sous le lit.

— Vincent !

— J'arrive !

Il ouvrit la porte.

— Vincent, je suis désolée. Je n'aurais pas dû dire tout ça sur ton père.

« Mais tu l'as fait, songea-t-il, et tu ne peux plus retirer tes paroles. » Il préféra pourtant répondre :

— C'est rien.

Sa mère lui parut tout d'un coup beaucoup plus vieille, et très lasse. Il eut de la peine pour elle, se sentit coupable d'être un fardeau. Mais après tout, il n'avait pas demandé à naître.

— Le policier voulait qu'on s'en aille, mais je lui ai dit que je resterais là tant qu'on n'aurait pas retrouvé Mark. S'il rentrait à la maison et qu'il ne trouvait personne...

Wendy retourna vers le sofa sans attendre la réponse de son fils. Comme elle s'allongeait, quelque chose lui revint à l'esprit :

— La journaliste a appelé. Elle a laissé son numéro de portable, dit-elle en désignant la cuisine de la tête.

Vincent alla prendre le bout de papier et le fourra dans la poche de son tee-shirt.

54

Avant même de monter dans le bateau, Cassie s'inquiéta. Cela remontait à des années, mais elle n'avait pas oublié. C'était dans Cheasapeake Bay, Hannah était toute petite, la mer bien plus calme qu'aujourd'hui. Pourtant, en plein milieu de leur voyage, elle avait été prise de nausées comme jamais elle n'en avait eu.

Depuis, elle avait pris soin de ne pas renouveler l'expérience. Elle fut tentée de dire à Leroy et Félix de partir sans elle, mais il n'était pas question de flancher.

Hélas, à peine dix minutes après leur départ, elle commença à se sentir mal. Les hommes avaient l'air ravi, ils s'imaginaient sans doute dans la peau des marins d'autrefois, affrontant les éléments avec courage. Ils riaient et poussaient de grands cris.

— Je vais avoir des plans superbes ! lança Félix, l'œil collé à la caméra.

Cassie se souvenait vaguement qu'en cas de malaise, il fallait fixer un point à l'horizon. Elle essaya, mais en vain : les nausées ne firent que croître.

— Comment ça va ? lança Harry en se retournant.

— Pas très bien !

— Mal de mer ?

Elle ne put lui répondre. Elle pencha la tête au-dessus de l'eau : mieux valait ne pas vomir sur le pont d'un tel bateau !

En se redressant, Cassie aperçut Leroy qui refrénait un petit sourire. Quel macho !

Le médecin se montra plus prévenant.

— Ça va mieux ?

— Pas vraiment.

— Il y a des pilules dans l'armoire à pharmacie des toilettes.

Cassie devait assurer le reportage. Il fallait qu'elle aille mieux. Elle accepta donc la suggestion du Dr Lewis.

Arrivée dans les minuscules toilettes, elle ouvrit l'armoire. Un tube de dentifrice, des brosses à dents, un tube d'aspirine... Et un flacon de verre brun. Elle lut les instructions, avala un comprimé et but un peu d'eau au robinet.

En refermant le flacon, elle remarqua le nom de la personne pour qui il avait été prescrit : *Merilee Quinones.*

55

Ouragan ou pas, Webb comptait bien s'arrêter en route pour manger un morceau. Entre la disparition de Merilee et les minables prestations de Gloria et Van la veille, rien ne lui était épargné. Il avait bien mérité quelques-uns de ces beignets qu'il aimait tant.

Mais quand il arriva à la station-service, une file interminable de voitures se ravitaillaient en essence avant de fuir le cyclone. Pas question d'attendre, même pour ses chers beignets. Sa mauvaise humeur ne fit que croître quand il se retrouva coincé dans les embouteillages qui se succédaient sur la route. Il tapotait avec agacement sur le volant tout en dressant la liste de ses problèmes *in petto*.

La police voulait discuter de Merilee avec lui.

Lou-Anne s'affolait à l'idée que tout le monde apprenne que feu la reine du porno travaillait pour Web of Desire : toutes ses amies sauraient comment son mari gagnait vraiment sa vie.

Il fallait absolument que *Nuits de velours vénitiennes* soit un succès : son orgueil l'exigeait, tout autant que son mode de vie. Mais vu le niveau de ce qu'ils avaient tourné hier, c'était loin d'être gagné.

Les essuie-glaces balayaient lentement le pare-brise. Webb alluma la radio. Un présentateur donnait la liste des différents centres d'accueil pour les personnes évacuées. Ce fichu ouragan n'arrangeait rien. À supposer que la maison et le studio survivent aux vents violents et à la pluie battante, il ne serait pas tiré d'affaire pour autant. Le cyclone était toujours suivi par des orages qui pouvaient provoquer de gros dégâts, tout inonder, détruire du matériel qui valait des centaines de milliers de dollars.

Il se gara dans le parking du studio. En définitive, c'était toujours une histoire d'argent. Même Merilee, dont il avait fait une star, avait exigé une part des bénéfices. Il avait traîné des pieds, lui promettant la lune, mais sans aucune intention d'accepter.

Car il n'en était pas question.

56

Harry prit Cassie par le bras pour descendre du navire.

— Vous voilà revenue sur la terre ferme !

Elle réussit à lui sourire.

— Merci infiniment, docteur, intervint Leroy en lui tendant la main. Regardez Key News ce soir et vous verrez le fruit de vos efforts.

— Je le ferai si je suis chez moi. J'espère que je ne serai pas contraint de m'en aller !

Leroy et Félix s'éloignèrent. Cassie, malgré elle, se dit qu'il fallait saisir l'occasion d'en savoir plus sur le sujet qu'elle avait proposé à Range le matin même.

— J'aimerais vous demander quelque chose qui n'a aucun rapport avec l'ouragan, dit-elle au médecin.

— Allez-y ! répondit-il en souriant.

— Le flacon dans lequel j'ai pris les pilules contre le mal de mer portait le nom de Merilee Quinones, la femme dont on a retrouvé une main sur la plage.

Lewis perdit d'un coup son expression avenante.

— Je la connaissais, en effet, admit-il.

— Bien ?

— Suffisamment pour l'emmener sur mon bateau.

— Vous avez une idée de ce qui a pu lui arriver ?

Il réfléchit, comme s'il cherchait le mot juste :

— C'était une jeune femme superbe et très amusante. Nous avons passé de bons moments ensemble. Mais elle songeait à l'avenir et je n'avais pas l'intention de lui en assurer un.

Ce n'était pas une réponse à la question. Cassie attendit.

— Je ne sais pas ce qui s'est passé, mais elle fréquentait des gens un peu spéciaux et faisait beaucoup de choses. Ça ne me plaisait pas beaucoup qu'elle travaille dans le porno, elle ne voulait pas y renoncer. Je pense que c'est révélateur, non ? Une fille de ce genre allait droit aux ennuis.

***

Harry regarda Cassie s'éloigner.

Quel sot il était d'avoir oublié que le flacon portait le nom de Merilee ! Mais il voulait tant jouer les preux chevaliers, venir en aide à cette belle journaliste... Bref, il s'était tiré une balle dans le pied.

Il espéra que ses réponses avaient paru sincères. Inutile de nier la présence de Merilee à bord, et les médias avaient déjà fait savoir comment elle gagnait sa vie.

Le Dr Harrison Lewis, soucieux de protéger sa vie publique et professionnelle, s'était donné beaucoup de mal pour garder secrète sa relation avec une reine du porno.

Et maintenant, Cassie Sheridan était au courant.

57

Merilee avait disparu et ne reviendrait pas. C'était un vrai soulagement, mais il y avait aussi de quoi s'inquiéter. La police ne tarderait pas à venir frapper à sa porte.

Van marcha de long en large dans le séjour, sans prendre garde à la pluie battante qui tombait dehors. Sur les rayons de sa bibliothèque, les trophées qu'il avait remportés tout au long de sa carrière semblaient se moquer de lui.

Il n'aurait plus à supporter les commentaires venimeux de Merilee sur ses prouesses, mais ils lui avaient rappelé que son avenir était derrière lui. On dit qu'il n'y a que la vérité qui blesse — et Van, blessé, ne connaissait plus que la fureur.

Il avait toujours eu du mal à se dominer, même quand il était enfant. Sa mère ne cessait de le réprimander et de l'envoyer dans sa chambre. Au début, parce qu'il lui avait répondu ou qu'il avait bavardé à l'église. Puis parce qu'il avait menti, fait l'école buissonnière ou triché à ses examens.

Elle était toujours à pleurnicher, à le supplier de lui dire ce qui n'allait pas. Comment l'aurait-il su ? Il faisait ce qui lui venait à l'idée. Mais elle ne pouvait accepter ce qu'il était, et le traînait sans arrêt à l'église pour le salut de son âme.

À seize ans, il partit — mais pas sans l'avoir giflée. Rien de grave, un bon revers de main en travers de sa face de bigote, mais comme c'était bon ! Des années de fureur trouvèrent là leur exutoire. Il l'avait laissée en larmes, étendue sur le sol de la cuisine, et n'était jamais revenu sur ses pas.

Au début, les choses avaient été plutôt dures. Sans diplômes, sans références, il avait vendu des hamburgers et dormi dans un abri pour SDF tenu par une Église. Mais il fallait respecter trop de règles, être rentré à 22 heures chaque soir. On se serait cru chez sa mère.

Il fréquentait un gymnase, où il finit par décrocher un petit boulot. Le patron le laissait s'entraîner quand il n'y avait personne : quelques mois lui suffirent pour se bâtir un corps d'athlète.

Ensuite, il mentit sur son âge pour être engagé au Ladies Night, un de ces établissements où des strip-teaseurs se dévêtaient devant un public de femmes ravies. Il lui fallut peu de temps pour en devenir la principale attraction.

Cela lui plut. Contrairement à sa mère, ces femmes l'adoraient — et le lui montraient en glissant dans son slip des billets de vingt dollars. Il fut enfin en mesure de louer un appartement bien à lui.

Il se trémoussa ainsi pendant deux ans, puis le patron du club lui fit savoir qu'il connaissait quelqu'un qui tournait des films pour « adultes » et cherchait de nouveaux talents. Il lui présenterait donc Webb Morelle et, si l'affaire se faisait, ne demanderait qu'une petite part.

Van accepta, avant tout parce qu'il savait que sa mère, si elle l'apprenait un jour, serait absolument scandalisée.

Il s'assit dans un fauteuil en cuir et regarda autour de lui. Vingt ans de carrière dans le porno : c'était pas mal. Ça avait payé l'appartement, le bateau amarré dans la marina, la voiture dernier cri qu'il aimait conduire à toute allure, tous ses voyages. Il avait même un peu d'argent à la banque, mais pas assez pour tenir longtemps s'il perdait son unique source de revenus.

C'est bien pourquoi les sarcasmes de Merilee l'avaient piqué au vif. Elle avait touché juste. Quand on a vécu dans un foyer de SDF, on n'a pas envie d'y retourner.

Il n'aurait pas dû la frapper.

Webb avait convaincu Merilee de renoncer à le poursuivre en justice, mais sa plainte devait toujours être quelque part dans les bureaux du shérif.

Il se leva, se rendit dans la salle de bains, ouvrit l'armoire à pharmacie et en sortit une enveloppe et une lame de rasoir. Sur un miroir de poche, il se prépara une ligne de poudre blanche qu'il sniffa.

Il se sentit aussitôt beaucoup mieux. Plus puissant, plus jeune. Invincible.

Il prit ses clés et sortit faire un petit tour sous la pluie.

58

Brian estimait avoir déjà suffisamment tourné d'images de voitures pare-chocs contre pare-chocs pour quitter Siesta Key. Il avait garé la camionnette de SNN en bordure d'Ocean Boulevard et filmait sous la pluie, tandis que Tony Whitcomb interviewait des conducteurs bien forcés de prendre leur mal en patience :

— C'est une bonne chose de partir dès maintenant. Je préfère ne pas voir comment ça sera en fin de journée.

— Un vrai cauchemar ! Il devrait y avoir plus de moyens de sortir d'ici !

— J'espère que tout le monde ne va pas dans le même centre d'évacuation, il n'y aura jamais assez de place !

L'idée était que Tony écrive un bref commentaire qui serait envoyé à la chaîne en même temps que les images de Brian. Le studio se chargerait de monter le tout. Ils enverraient tout cela avant 11 heures du matin, afin de pouvoir passer au journal télévisé de midi.

Tout en se mettant à griffonner sur son bloc, Tony dit à Brian :

— N'oublie pas que le bureau veut que nous prenions quelques images de la maison du gamin disparu.

— Ah oui, c'est vrai, répondit le cameraman, tourmenté par son estomac.

La camionnette repartit au milieu d'une circulation intense.

— J'espère qu'au retour, les flics nous laisseront utiliser nos cartes de presse comme laissez-passer ! Pas question de subir ça encore une fois !

Ils parvinrent enfin au cœur de Siesta Village et s'engagèrent dans la Calle de Perú.

— Ta connaissance des lieux m'étonnera toujours,

dit le journaliste. J'habite ici depuis des années, et jamais je n'aurais trouvé cette rue !

— J'ai tout simplement vérifié sur une carte, répondit Brian. J'aime savoir où je vais.

La rue était silencieuse, des planches obstruaient nombre de fenêtres — mais pas celles du 603. On aurait dit que le ou la propriétaire pensait qu'il n'y avait rien à y voler.

— Tu veux que je frappe à la porte pour voir si quelqu'un accepte de te parler ? demanda Brian.

— Je n'ai pas le temps, répondit Tony en jetant un coup d'œil à sa montre, il faut que je rédige ce fichu truc. Ils n'auront qu'à mettre un commentaire sur les images de la maison. Nous reviendrons plus tard si nous avons le temps.

Brian acquiesça, descendit de la camionnette, prit sa caméra et se mit au travail. Il allait remonter quand la porte de la maison s'ouvrit.

Un jeune garçon, qui portait une boîte en carton sous le bras, en sortit et s'arrêta en apercevant la camionnette.

Tony l'avait vu. Il baissa la vitre et lança à Brian :

— Hé, c'est le gamin de l'autre jour, celui qui a trouvé la main sur la plage !

Tous deux savaient que faire, évidemment. Le journaliste sortit en toute hâte du véhicule, Brian saisit sa caméra, et ils se précipitèrent vers l'enfant.

Mais Vincent ne voulut rien savoir, refusa de répondre à leurs questions et, sans dire un mot, se dirigea vers la plage. Il avait retenu une leçon : parler aux gens de la télévision peut vous valoir bien des ennuis.

59

Leroy rangea son portable à la fin de sa conversation avec New York.

— SNN devrait nous donner toutes les images de l'évacuation qu'il nous faut. Ils doivent les transmettre cet après-midi directement au studio.

— Donc c'est New York qui se charge du montage ? demanda Félix.

— Oui.

— Excellent ! s'écria le cameraman, soulagé : il n'aurait pas à s'en charger.

Leroy se tourna vers Cassie, assise à l'arrière :

— Nous avons déjà la marina et les évacuations. New York va également interviewer quelqu'un de la météo nationale. Il nous faudrait un petit quelque chose en plus. Tu as une idée ?

Cassie ne songeait guère à Gisèle. Elle repensait à sa conversation avec le Dr Lewis, qui menait à Merilee, qui menait à Vincent et à son petit frère. Elle avait espéré qu'il l'appellerait sur son portable, mais en vain. Elle hésitait à contacter la mère. Si Mark n'était pas revenu, Wendy ne serait pas en état de tenir la conversation.

— Allô, Cassie Sheridan ? Ici la Terre !

— Excuse-moi, Leroy, je réfléchissais. On pourrait passer dans un centre d'évacuation et faire des interviews.

— Excellente idée ! Pas étonnant qu'on te paie si cher ! lança-t-il d'un ton sarcastique.

Elle préféra ne rien répondre.

60

— Ils veulent qu'on fasse une intervention en direct depuis Siesta Beach, gémit Tony après avoir appelé le studio.

— Et alors? répliqua Brian, qui se sentait vraiment malade. On est déjà trempés jusqu'aux os!

Il conduisit la camionnette juste au-delà du court de tennis et la gara aussi près que possible de la plage. Puis il s'affaira à préparer la retransmission avec la chaîne, vérifiant les niveaux sonores et manipulant des boutons tandis que Tony enregistrait son commentaire. Enfin il envoya les images de l'évacuation qu'ils avaient tournées, et celles de la maison des Bayler.

— On pourrait peut-être retourner là-bas et essayer de parler avec la mère, histoire d'avoir quelque chose pour le journal du soir, dit le journaliste.

— Si tu y tiens, soupira Brian. Tout le monde s'en moque, de toute façon! Aujourd'hui, il n'y en a que pour l'ouragan!

— Je meurs de faim, soupira Tony tandis qu'ils attendaient dans la camionnette le moment de leur passage en direct.

— Pourvu qu'il y ait quelque chose d'ouvert dans le coin!

Le journaliste se mit à rêver tout haut d'oignons frits et de hot-dogs, tandis que Brian se demandait comment il pourrait convaincre la chaîne de le laisser rentrer chez lui. Aucun d'eux ne remarqua le petit garçon qui glissait une boîte en carton sous la poubelle près du court de tennis.

61

Il était un peu plus de 12 h 30 quand il se gara à quelques dizaines de mètres du court de tennis, où il se rendit à pied. Inutile d'attirer l'attention sur son véhicule, bien trop voyant dans un parking vide.

Le paquet qu'il sortit de la poubelle, détrempé par la pluie, était plus gros et plus lourd qu'il ne l'aurait cru. Et la bague ne s'y trouvait pas.

Ce sale môme l'avait doublé.

Comment osait-il ?

Il se sentit pris de rage en lisant le texte écrit d'une main maladroite :

> *Vous voulez la bague. Je veux mon frère et je veux être sûr que vous me le rendrez. Nous ferons un échange. Venez ce soir sur la digue à 18 h avec mon frère. Quand je le verrai, je vous donnerai la bague. Voici son médicament et la machine qui l'aide à respirer. Il vous dira comment s'en servir. Prenez soin de lui ! S'il lui arrive quelque chose, vous le regretterez.*
>
> *Vincent Bayler*

Il remit le message dans la boîte et repartit vers le parking. Le gamin ne manquait pas de culot ! Il osait le menacer ! Ce petit fumier ne savait pas à qui il avait affaire !

62

Le cœur battant, Vincent attendit pour sortir de sa cachette. La jetée de bois était un bon poste d'observation, grâce aux fentes entre les planches.

Il avait au moins donné le remède et la machine de Mark. Il espérait qu'il pourrait apercevoir l'homme qui conduisait, et peut-être le numéro de la plaque d'immatriculation. Il n'avait pas prévu que le ravisseur viendrait à pied.

Si seulement il avait été plus près ! Mais il n'y avait pas d'autre endroit où se cacher, et il ne put voir son visage.

Toutefois, son plan avait réussi. Au moins il savait que Mark aurait son traitement.

63

C'était le coup de feu : de nombreux clients entraient et sortaient du Seven-Eleven, dévalisant les rayons de jus de fruits, de boissons gazeuses, de biscuits. Les ouragans, c'est toujours bon pour les affaires.

Le jeune employé s'était démené toute la matinée à la caisse ou dans le magasin. Le propriétaire l'avait appelé pour lui dire de fermer à 13 heures et de s'en aller. Mais pas avant !

— C'est tout ce qui vous reste ? demanda un homme un peu trop bien coiffé en montrant deux sandwiches au thon enveloppés dans du plastique.

— Oui, en effet. Désolé !

— Lamentable ! J'ai fait la queue pour ça ?

Brian n'allait pas être content, et Tony redoutait de retourner à la camionnette avec un aussi pitoyable déjeuner.

— Il nous reste des beignets, dit l'employé.

— Laissez tomber.

L'homme ouvrit son portefeuille, dans lequel dépassait une carte en couleur ornée du logo de SNN.

— Vous êtes journaliste ? demanda l'employé.

Le visage de Tony s'éclaira :

— Oui. Je suis Tony Whitcomb.

— Vous êtes venu pour le cyclone !

— En effet. Et aussi pour le gamin qui a disparu.

— Lequel ? dit l'autre, perplexe.

— Un enfant de cinq ans, Mark Bayler, qui vit tout près d'ici. Il a disparu la nuit dernière.

— Ah, je ne savais pas ça. C'est vraiment moche.

Ce n'est qu'après avoir fermé le magasin que l'employé repensa au type bizarre qui était passé la veille. Il avait arraché une page de l'annuaire en croyant que personne ne le voyait, et demandé où se trouvait la Calle de Perù.

Le jeune homme prit l'annuaire et feuilleta les pages consacrées à la lettre B. Celle où aurait dû se trouver les Bayler avait disparu.

64

Ceux qui étaient arrivés dans les centres d'évacuation prenaient soin de marquer leur territoire. Sacs de couchage, matelas gonflables ou lits pliants recouvraient le sol des lycées, cafétérias, gymnases et salles de classe.

— Si les choses tournent mal, c'est ici qu'il nous faudra venir, dit Leroy. On pourrait peut-être se réserver un petit coin.

— Si tu veux, répondit Cassie sans enthousiasme. Elle ne dormirait pas cette nuit, elle travaillerait, interrogerait des réfugiés que filmerait Félix, puis rédigerait un commentaire pour la chaîne. Il faudrait un reportage pour le journal télévisé du lendemain matin. Seul Leroy aurait l'occasion de se reposer un peu.

Il leur fallut peu de temps pour engranger le matériel nécessaire. Ils quittaient le bâtiment quand le portable de Cassie sonna pour l'avertir qu'elle avait un message. Il disait d'appeler Yelena Gregori à New York.

Elle composa le numéro en essayant de ne pas

trembler. Il y avait peut-être du nouveau dans le procès intenté par Pamela Lynch ? Peut-être les avocats avaient-ils négocié un accord ?

— Cassie Sheridan. Yelena a cherché à me joindre.

— Un instant, s'il vous plaît.

— Comment ça va, Cassie ? demanda la directrice de la chaîne. Tu as réussi à rester au sec ?

« Laisse tomber le baratin, Yelena, songea Cassie, agacée. Ce n'est pas pour ça que tu as voulu me contacter. »

— On s'en tire bien, mais je crois que ça va être redoutable.

— Je sais que tu fais du bon boulot.

— Merci, Yelena.

— Cassie, je veux te dire quelque chose avant que tu ne l'apprennes de quelqu'un d'autre.

— Sur le procès ?

— Non, rien de nouveau là-dessus.

Cassie réfléchit à toute allure. De quoi pouvait-il s'agir ? Une vague inquiétude la saisit.

— Alors, Yelena ?

— Cassie, je suis navrée, vraiment navrée. Mais il nous a paru nécessaire de faire officiellement de Valeria Delaney la spécialiste judiciaire de la chaîne. Elle fait un très bon travail, elle l'a bien mérité.

Cassie tenta de se contrôler :

— Tu m'avais dit de garder profil bas, et qu'après le procès, je pourrais revenir à Washington !

— Je suis désolée, Cassie.

— Ça me fait une belle jambe, Yelena ! C'est *mon* poste ! C'est totalement injuste !

L'argument était faible et elle ne l'ignorait pas. Comme si la question était là !

65

C'était bien le premier gamin qu'il voyait prendre un médicament avec autant d'empressement.

— Je m'allonge sur le côté et vous tenez la machine contre ma poitrine.

Elle fit son travail : il toussa, crachant du mucus dans des Kleenex.

— Qui vous a donné la machine et le médicament ? Ma mère ?

— Non. Ton frère.

— Vincent ?

— Oui, Vincent.

— Où est-il ? Je veux le voir !

— Tu le verras, ne t'inquiète pas.

— Quand ?

— Quand je le dirai. Maintenant, tiens-toi tranquille.

— Je veux ma maman ! s'écria le petit garçon, qui se mit à pleurer et recommença à tousser.

— Écoute, fiston, calme-toi un peu. Tu vas la voir, je te le promets. Mais d'ici là, tu feras ce que je te dis.

Mark essuya ses yeux rougis.

— Pourquoi vous êtes maquillé ? C'est pour les filles !

— Pas toujours. Les hommes aussi, au cinéma ou à la télévision.

— Vous passez à la télé ?

— Non.

— Alors, pourquoi vous êtes maquillé ?

— Tu es déjà allé au cirque ?

— Oui, m'a mère m'a emmené.

— Tu te souviens des clowns ?

L'enfant fit oui de la tête.

— Tu n'as quand même pas cru que c'était leur vrai visage ? Ils étaient maquillés.

— Alors, vous êtes un clown ?

— Pour ainsi dire, petit. Pour ainsi dire.

***

Il avait toujours voulu être aimé. Mais ce n'est pas dans la maison où il avait grandi que cela aurait pu lui arriver.

On ne s'y touchait jamais. Pas de caresses, pas de baisers. Ni même de gifles : les coups étaient portés avec une ceinture, une règle ou la brosse à cheveux de sa mère.

Il regarda l'enfant allongé sur le sofa. Mark respirait mieux et toussait moins souvent.

— Tu as déjà eu des ennuis avec ta mère ?

— Comment ça ?

— Elle t'a déjà frappé ?

— Non ! Mais elle frappe parfois mon frère.

— De quelle manière ?

— Avec la main.

Ce qu'il éprouvait intérieurement montait inexorablement à la surface. Il lui fallait s'en libérer.

— Viens ici.

Mark se leva et s'assit devant la table de maquillage.

— Et si je te maquillais en clown ?

— Vraiment ?

— Oui.

Il poudra et maquilla le petit visage, en se souvenant de la première fois où lui-même avait vu un clown. Il avait supplié son père de l'emmener au cirque pour son anniversaire, il était à peine plus âgé que ce gamin. Il avait rarement l'occasion de sortir et attendait le spectacle avec impatience. Il se souvint aussi de la terreur qu'il avait éprouvée quand il avait mouillé son pantalon. Et de l'air dégoûté qu'avait pris son père.

Sur la piste, le clown continuait ses pitreries, et il lui semblait que son visage grimé ne faisait qu'ajouter à son humiliation.

66

Que Key News aille se faire voir. Ça suffisait comme ça.

Elle avait consacré toute son existence professionnelle à la chaîne, lui avait sacrifié une bonne part de sa vie privée, et avait eu la faiblesse de penser que, d'une manière ou d'une autre, sa fidélité serait récompensée.

Pauvre idiote ! Personne n'était indispensable. Tant qu'on se rendait utile, tout allait bien, mais quand les choses se gâtaient, ou que la situation changeait, on ne comptait plus pour grand-chose.

Bien sûr, ils pouvaient toujours dire qu'ils vous payaient pour vos services, et qu'ils avaient parfaitement le droit de choisir ceux ou celles qui travaillaient pour eux. Mais Yelena avait promis que Key News soutiendrait Cassie, journaliste connue et appréciée. En nommant Valeria Delaney à son poste, la chaîne montrait clairement que Cassie Sheridan ne faisait plus partie des meubles.

Sa propre naïveté la révolta. Elle était docilement venue à Miami quand ils lui en avaient donné l'ordre, en espérant qu'ils se chargeraient du reste et prendraient soin d'elle. Quelle bourde !

« Toi qui te croyais si maligne, tu étais bien bête ! Tu aurais dû savoir que mieux valait te débrouiller seule ! »

En rentrant à l'hôtel, Cassie contempla par les vitres de la voiture la pluie qui tombait à verse, et conçut un plan. Pas question de se laisser faire. Elle allait leur montrer qu'elle était la meilleure journaliste que Key News ait jamais eue.

***

Elle écrivit son texte sur son ordinateur portable en un temps record, le montra à Leroy puis l'envoya aux studios par courrier électronique. En attendant la validation de la chaîne, elle retourna dans sa chambre et fouilla dans son sac à main. Elle en sortit une carte de visite. Sarge Tucker répondit à la deuxième sonnerie.

— Que puis-je pour vous ?

— J'aimerais vous poser quelques questions.

— À propos de quoi ?

— Des Boys Next Door et de *Nul ne saura*.

— Bien sûr, pourquoi pas. Mais je préférerais en parler *de visu*.

Cassie regarda par la fenêtre et songea qu'il lui restait encore à enregistrer son texte et, plus tard, à intervenir en direct depuis le balcon de l'hôtel.

— Je ne peux pas me déplacer pour le moment. Vous pouvez venir ?

— Par un orage pareil ? Vous plaisantez !

— J'ai entendu dire que Merilee Quinones prétendait avoir écrit *Nul ne saura*.

Il eut un soupir résigné :

— Où êtes-vous ?

— Dans un hôtel qui s'appelle The Inn by the Bay. Il y a un restaurant en bas.

67

Les tranquillisants avaient fait effet.

Wendy somnolait sur le sofa quand un grand bruit la réveilla. Elle se leva et jeta un coup d'œil par la fenêtre. Une énorme branche de palmier gisait dans l'herbe, juste devant la maison.

— Vincent ? s'écria-t-elle.

Il n'y eut d'autre réponse que le hurlement du vent.

— Vincent ! répéta-t-elle.

La chambre des enfants était vide.

Il y avait un message sur la table de la cuisine :

Maman,

Ne t'inquiète pas, je reviens bientôt.

Vincent

Mais qu'est-ce qui lui avait pris ? Il savait pourtant qu'elle était folle d'inquiétude depuis la disparition de Mark. C'était tout lui de partir à l'aventure, sans se soucier de ce qu'elle pourrait en penser !

Elle retourna près de la fenêtre et, de nouveau, regarda dehors. La tempête faisait rage. Comment Vincent avait-il pu sortir par un temps pareil ? Il la rendait folle, vraiment ! Et jamais elle ne pourrait le supporter si quelque chose arrivait à Mark.

68

Cassie enregistra le commentaire que Félix enverrait à New York.

— Si tu as besoin de moi, je suis au restaurant en bas.

L'endroit était désert, à l'exception d'un homme assis dans un coin. Il avait posé sur une chaise un imperméable ruisselant.

— Merci d'être venu.

— Je n'avais pas le choix, si ? soupira-t-il en regardant dehors. Je devrais être dans un centre d'évacuation, pas ici à me défendre face à des accusations sans fondement.

Elle ne répondit rien.

— Comment avez-vous su que Merilee prétendait avoir écrit *Nul ne saura* ?

— Je n'ai pas l'habitude de citer mes sources, répondit-elle en se souvenant de la conversation surprise lors de la soirée.

Pas la peine qu'il sache qu'elle n'avait que de vagues indices, et comptait bien sur lui pour lui en apprendre davantage.

— Elle mentait ! C'est moi qui l'ai écrite !

— C'est difficile à prouver, non ?

Il haussa les épaules :

— Peut-être, mais je pense vraiment que si nous étions allés en justice, j'aurais gagné.

— Mais ce n'est pas ce qui se passera, puisque Merilee n'est plus là.

Il prit une serviette en papier et s'essuya le front :

— Écoutez, soupira-t-il, je sais que ça fait mauvais effet. Une femme affirme avoir écrit une chanson qui va rapporter beaucoup d'argent, et voilà qu'elle meurt. Mais croyez-moi, Merilee n'était pas née de la dernière pluie. Elle savait y faire, ce qui lui a valu beaucoup d'ennemis. J'avoue que je ne regrette pas qu'elle ne soit plus de la partie, mais je suis loin d'être le seul.

— Vous pouvez me citer des noms ?

— Webb Morelle, pour commencer, le patron de Web of Desire, celui qui la faisait tourner. Il n'a pas apprécié qu'elle lui réclame une part des bénéfices.

— Comment le savez-vous ?

— Elle me l'avait dit. Nous étions voisins, vous voyez. Elle passait de temps en temps, nous buvions un verre et elle me parlait de ses grands projets. Elle avait vraiment la folie des grandeurs ! J'ai commis l'erreur de lui jouer *Nul ne saura* avant d'en avoir protégé les droits, sans penser un instant qu'elle affirmerait l'avoir composé. J'aurais dû me méfier !

— Qui d'autre ? demanda Cassie, soucieuse d'en revenir à ce qui l'intéressait.

— Elle ne supportait pas son partenaire, Van. Et à en juger par les marques qu'elle m'a montrées une fois, il ne l'aimait pas beaucoup non plus.

— D'autres personnes ?

Sarge réfléchit un instant :

— Il y avait ce pauvre type qui me faisait vraiment de la peine. J'ai oublié son nom... Il était très amoureux d'elle, mais elle se servait de lui : elle comptait ferrer un médecin connu, l'autre servirait de pis-aller si ça ne marchait pas.

Le médecin devait être le Dr Harrison Lewis. Mais qui était l'autre soupirant ?

69

On était en fin d'après-midi, sous un ciel sombre et menaçant. Vincent dut affronter des vents violents et une pluie battante, et s'accrocher parfois à un arbre ou à un panneau de signalisation pour ne pas être emporté.

Sur la plage, les vagues venaient se briser contre la digue. Le souvenir de Gédéon lui revint, les heures passées ensemble, les bons moments partagés... Tout cela était fini.

Si seulement il n'avait pas trouvé cette fichue bague!

Il tapota son ciré pour la sentir dans sa poche. Elle était là, en sécurité. Il tiendrait sa promesse et l'autre avait intérêt à en faire autant.

***

Il roulait vers Siesta Key, Mark à côté de lui, bien protégé par une ceinture de sécurité. Ce n'était pas très risqué : vu le temps, personne ne pourrait remarquer l'enfant.

— On rentre à la maison? demanda le gamin, reconnaissant des lieux familiers.

— Oui. Mais nous allons d'abord retrouver ton frère.

Quel soulagement d'être débarrassé de ce mioche toujours malade! Gentil, certes, mais que quelqu'un d'autre s'en occupe!

Toutefois, quand il arriva aux abords du pont, il fut

pris de panique. Des voitures de police et des barricades bloquaient le passage. Personne ne pouvait plus se rendre à Siesta Key.

70

— Quelqu'un nous a appelés, madame Bayler. L'employé du Seven-Eleven dit qu'un homme est passé hier, en début de soirée, et qu'il a demandé où se trouvait la Calle de Perú.

— Vous croyez qu'il aurait pu venir ici et partir avec Mark ?

— C'est une possibilité qu'il nous faut étudier. Quelqu'un a appelé ?

— Une fois ou deux, mais en raccrochant aussitôt. Comment comptez-vous retrouver cet homme ?

« Si seulement je le savais ! » se dit Danny Gregg. L'employé avait donné la description d'un homme de taille moyenne, avec une barbiche et des cheveux grisonnants, tout en précisant que quelque chose n'allait pas dans son allure. Sans doute un déguisement.

— Nous allons faire tout notre possible, madame Bayer, dit-il pour la rassurer. En attendant, vous et Vincent devriez quitter l'île.

— Pas question de partir, surtout si quelqu'un détient Mark et est susceptible d'appeler !

Le policier comprit sans peine. Si Robbie avait été enlevé, lui non plus ne s'en irait pas.

— Au moins, il faudrait conduire Vincent dans un centre d'évacuation.

— C'est une bonne idée, mais encore faudrait-il qu'il soit là.

71

Le vent furieux le projeta sur le sable et l'empêchait de bouger. Vincent dut lutter pour se redresser, et parvint finalement à ramper vers la route, en s'abritant de son mieux sous une maisonnette perchée sur des piliers de métal.

Il se recroquevilla dans son ciré, essuya l'eau de mer qui lui brûlait les yeux et le sable humide qui venait lui griffer le visage.

Depuis combien de temps attendait-il ?

Il s'efforça de discerner quelque chose qui bougeait à travers le rideau de pluie : les lumières d'une voiture, une silhouette humaine — ou plutôt deux, une grande, une petite. Mais il ne vit que les vagues déchaînées qui, dans un bruit de tonnerre, venaient se briser sur le rivage.

Comment le ravisseur allait-il le retrouver, s'il restait caché ? Il fallait qu'il reparte et se trouve un endroit d'où il serait visible.

Tête baissée, il se remit en marche.

Chaque pas l'épuisait ; il fallait littéralement planter les pieds dans le sable pour résister aux bourrasques. Quand il eut atteint la digue, il était épuisé.

Il espérait toujours voir apparaître l'homme qui avait enlevé Mark. Quand le ravisseur arriverait, il faudrait qu'il puisse le trouver. S'il pouvait grimper sur la digue...

Il s'installa sur le ruban de béton. Son ciré battait contre son corps tandis qu'il fouillait des yeux la plage perdue dans l'obscurité.

Puis il y eut une nouvelle bourrasque et il se sentit projeté en avant, tandis que ses pieds se dérobaient sous lui. Il chercha en vain à garder l'équilibre.

72

Gisèle ferait l'ouverture du journal télévisé du soir.

Félix était en bas, dans la camionnette qui les reliait aux studios par satellite. Cassie était devant la porte vitrée menant sur le balcon, prête à prendre la parole.

— Quand nous en aurons terminé, nous irons au centre d'évacuation, dit Leroy, en regardant les bateaux de la marina secoués comme autant de jouets par les vagues et le vent.

— Je n'y vois aucun inconvénient, répondit Cassie. Nous serions fous de rester ici !

On entendit le générique du « Evening Headlines ». Cassie mit le capuchon de son ciré jaune, respira profondément et sortit sur le balcon, laissant la vitre ouverte, ce qui lui permettait de suivre des yeux la télévision. Elisa Blake saluait les téléspectateurs et annonçait un reportage venu de Sarasota.

Il y eut des images d'embouteillages, de gens entassés dans les centres d'évacuation, avec, comme il fallait s'y attendre, des plans de vagues déchaînées et de palmiers ployant sous la violence du vent. Puis il y eut le bref entretien à la marina avec Jerry Dean, qui évoqua les risques économiques de la tempête, et les commentaires d'un responsable de la météo nationale, comparant Gisèle aux ouragans qui l'avaient précédée.

— Dix secondes, dit la voix venue de la salle de contrôle de New York dans l'écouteur de Cassie.

Elle avait mémorisé la dernière phrase du commentaire qui accompagnait le sujet. Elle se tourna vers la caméra de Félix au moment où elle s'entendit conclure :

« *Les habitants de Sarasota espèrent que Gisèle aura pitié d'eux mais malgré tout, ils s'attendent au pire.* »

— Attention ! dit la voix dans l'écouteur.

Au même moment, une violente bourrasque la projeta contre la balustrade de fer. Grimaçant de douleur, elle reprit son équilibre tant bien que mal. Il lui fallut hurler par-dessus le vent :

— Comme vous le voyez, Elisa, les vents se font de plus en plus forts, et la météo prévoit désormais un véritable ouragan. Gisèle devrait s'abattre dans le courant de la nuit sur la région. À vous, New York !

— C'était Cassie Sheridan, en direct de Sarasota, Floride, dit Elisa Blake, bien au sec dans son studio.

Cassie arracha son écouteur et se rua dans sa chambre. Elle saisit la serviette que Félix lui tendait, essuya son visage ruisselant et se jura que c'était la dernière fois qu'elle rendait compte de ces fichues catastrophes naturelles. « Autant laisser ce plaisir à quelqu'un d'autre », songea-t-elle en massant son bras douloureux.

73

La voiture de police arriva devant les urgences de l'hôpital de Sarasota. Le policier emmena l'enfant à l'intérieur.

— Je l'ai trouvé sur la plage ! expliqua-t-il à l'infirmière de garde. On dirait bien qu'il s'est cogné la tête contre la digue. Je ne sais pas combien de temps il est resté là-bas.

Elle regarda la bosse que le jeune garçon avait au front et prit son pouls.

— Qu'est-ce qu'il faisait dehors, en plein ouragan ?

— Je me le demande ! Avec les gamins, on ne sait jamais !

— Il a de la chance que vous l'ayez trouvé !

Elle nettoya le sable qui recouvrait le front de Vincent.

— Ça ne pourrait pas être le gamin que tout le monde cherche ?

— Non, il s'agit d'un enfant de cinq ans. Celui-ci est plus âgé.

Une radio attachée à la ceinture du policier lui signala une autre urgence.

— Allez-y, dit l'infirmière, nous allons nous occuper de lui.

— J'essaierai de repasser pour voir comment il va, dit l'homme en ressortant sous l'orage.

***

Vincent était allongé sur un lit d'hôpital, dans une chambre aux rideaux tirés, inconscient de l'activité qui l'entourait. Son ciré était posé sur la table de chevet.

« Les parents doivent être fous d'inquiétude ! » se dit l'infirmière.

En attendant l'arrivée du médecin, elle voulut chercher quelque chose qui lui permettrait d'identifier l'enfant.

Dans la poche de son tee-shirt, elle trouva un numéro de téléphone sur un bout de papier.

74

— Maman ?

— Hannah ?

Cassie ne s'attendait pas à recevoir un appel de sa fille.

— Ça va, maman ?

— Très bien, chérie.

— Je viens de te voir à la télé, on aurait dit que tu t'étais fait mal.

— Oh, ce n'est rien.

Mensonge : son bras lui faisait très mal.

— Je suis heureuse que tu m'appelles, Hannah. Je pensais à toi, et je me demandais comment tu allais.

— On s'ennuie beaucoup, ici.

— En ce moment, j'aimerais vraiment m'ennuyer un peu ! Cela me ferait le plus grand bien !

Il y eut des grésillements d'électricité statique sur la ligne.

— Hannah ?

— Oui ?

— Je vais devoir y aller, je te rappellerai et...

La communication fut coupée.

Elle recontacterait sa fille plus tard, quand ils seraient au centre d'évacuation. Cassie fut ravie à l'idée qu'Hannah avait tenu à la regarder à la télévision, et surtout à l'appeler en croyant qu'elle s'était fait mal.

Elle allait quitter sa chambre quand son portable sonna. Pensant que c'était Hannah, elle répondit aussitôt :

— Allô ?

— Je suis Erin Duby, de l'hôpital de Sarasota. À qui ai-je l'honneur ?

— Je m'appelle Cassie Sheridan.

— Vous avez un fils ?

— Non, pourquoi ?

— Nous avons ici un jeune garçon qui avait votre numéro de téléphone dans sa poche.

75

— Comment ça, tu nous retrouveras au centre d'évacuation ? hurla Lou-Anne au téléphone. Au cas où tu l'aurais oublié, Webb, tu as deux enfants ! Pourquoi n'es-tu pas ici ? S'il me faut répondre une fois de plus à leurs questions sur l'ouragan, je vais devenir folle ! Et maintenant tu me dis de les emmener moi-même au centre ? Tu ne manques pas de culot !

— Lou-Anne, tu n'es pas le centre du monde. Je dirige une affaire et j'ai passé la journée à tout protéger. Une affaire — puis-je me permettre de le préciser — qui paie la vie de luxe que tu aimes tant. Alors, arrête de te plaindre, monte dans la voiture et fonce. Le moment n'est pas aux sautes d'humeur.

Et il raccrocha sans lui laisser le temps de répondre.

76

Cassie donna à l'infirmière le numéro de téléphone de Wendy Bayler, et nota sur un bloc le chemin de l'hôpital. Puis elle appela Leroy.

— Tu prends la camionnette ?

— Oui, bien sûr, mieux vaut ne pas la laisser ici. D'ailleurs nous en aurons besoin demain matin pour retransmettre depuis le centre d'évacuation.

— C'est vrai. Bon, partez, Félix et toi. Je prendrai la Jeep et je vous retrouverai là-bas.

— Et pour quelle raison ?

— Je ne peux pas te le dire pour le moment. J'ai mon pager si tu as besoin de moi.

Le trajet jusqu'à l'hôpital fut atrocement lent. La radio ne cessait de parler de routes inondées et de lignes électriques coupées.

« *Et souvenez-vous,* poursuivit le présentateur, *ne sortez pas si ce n'est pas absolument nécessaire. Et gardez l'œil sur vos enfants ! La police a trouvé un petit garçon sur la digue de Siesta Beach. On ignore ce qu'il faisait là, mais il a été conduit à l'hôpital de Sarasota.* »

77

Il avait redescendu Tamiami Trail pour voir s'il pouvait parvenir à Siesta Key en empruntant le pont de Stickney Point, mais lui aussi était fermé. Depuis une cabine téléphonique, il avait appelé chez les Bayler, puis raccroché quand la mère avait répondu. C'est le gamin qu'il lui fallait retrouver.

Au bord du désespoir, il retournait chez lui, où il chercherait un moyen de s'en sortir, quand il entendit la nouvelle à la radio. Il sut aussitôt où il devait aller.

***

— Ne me laissez pas ici, sanglota Mark. On devait aller voir Vincent, vous l'aviez promis ! Je veux rentrer ! Je veux ma maman !

— Tiens, prends ton médicament.

Il eut de la peine pour l'enfant, mais il fallait qu'il aille seul à l'hôpital.

Pourvu que les volets résistent bien aux vents violents.

78

— Mais qu'est-ce que tu faisais là-bas ?

Vincent était assis sur son lit, l'air grave, très pâle. Sa tête lui faisait mal. Il ne voulut pas répondre, sans doute parce que l'infirmière était là.

— Nous avons contacté sa mère, dit-elle. Elle ne peut pas venir le chercher, évidemment. Nous pourrions le maintenir en observation, mais il a l'air d'aller à peu près bien, et nous ne gardons que les patients dans un état critique. Sa mère a donné son accord pour qu'il se rende au centre d'évacuation avec vous.

Une telle responsabilité inquiétait Cassie. Il fallait quand même surveiller son état, et de plus elle avait du travail.

— J'aimerais appeler la mère de Vincent.

Elle essaya à plusieurs reprises, sur son portable ou depuis le téléphone de l'hôpital, mais en vain. Les lignes devaient être coupées.

***

Une pluie intense tambourinait sur le toit de la Jeep. Comme Vincent bouclait sa ceinture de sécurité, Cassie lui dit :

— Nous n'irons nulle part tant que tu m'auras pas tout dit.

L'enfant comprit qu'il n'était pas de taille à s'occuper de tout cela seul. Il raconta son histoire, d'abord de manière un peu hésitante, puis sans plus pouvoir s'arrêter : c'était un véritable soulagement. La bague trouvée sur la plage, que Gédéon avait voulu vendre... Le vieillard agressé tandis que lui se cachait dans les toilettes... Le coup de fil de l'homme qui avait enlevé son frère, et voulait la bague... Comment il avait déposé, près du court de tennis, le remède de son frère et la machine qui lui permettait de respirer... Le rendez-vous manqué...

— Vincent, tu aurais dû tout dire à ta mère, et aussi à la police.

— Mais il m'a prévenu que dans ce cas, je ne reverrais pas Mark. Il fallait que je le retrouve. Tout est ma faute.

Cassie comprit quelles angoisses il avait dû affronter, et se retint de le prendre dans ses bras.

— Non, Vincent. Si cet homme a enlevé Mark, tu n'en es pas responsable.

— Mais j'aurais dû être là ! Si j'avais surveillé Mark comme j'étais censé le faire, rien ne serait arrivé !

— On ne peut plus rien y changer, simplement chercher à savoir ce qu'il faut faire maintenant. Donne-moi la bague, Vincent.

Il ouvrit son ciré, fouilla dans une poche et en sortit le rubis qu'il lui tendit, soulagé d'en être enfin débarrassé. Cassie la glissa à son doigt.

Elle essaya encore de passer un appel depuis son portable, mais en vain. Elle démarra et prit la direction du centre d'évacuation. Une fois là-bas, elle tenterait de joindre la police.

79

— Je suis à la recherche de Vincent Bayler.

Au bureau des admissions du service des urgences, l'homme paraissait très inquiet.

— Vous êtes son père ?

« Et pourquoi pas ? »

— Oui. Où est-il ? Je veux le voir.

— Désolé, monsieur Bayler, il vient juste de partir, dit l'infirmière qui ajouta, un peu perplexe : votre femme nous a dit que personne ne pouvait venir le chercher. Elle a donné son accord pour qu'il s'en aille avec quelqu'un.

— Quelqu'un ? Qui ça ?

Elle vérifia ses fiches :

— Une certaine Cassie Sheridan. Elle l'a emmené au centre d'évacuation installé au lycée de Sarasota.

80

Etta et Charles étaient ravis de s'être installés dans la bibliothèque du lycée. Quand on est contraint de rester enfermé à cause d'un ouragan, quoi de mieux que d'être entouré de milliers de livres et de CD ?

Charles sortit des rayons des ouvrages d'architecture, tandis que son épouse, qui craignait de se fatiguer les yeux, préféra écouter un peu de musique classique — avec des écouteurs pour ne pas le déranger.

Quand il eut terminé sa lecture, il se pencha vers sa femme et lui tapa sur l'épaule pour attirer son attention :

— On refait un essai ? La queue sera peut-être moins longue.

— Bonne idée.

Ils se rendirent à la cafétéria où des volontaires servaient soupe, fruits, beignets et café.

Ils s'assirent pour manger. Chacun prenait soin de ne pas montrer son inquiétude à l'autre. Charles pela une orange et la tendit à son épouse :

— Etta ?

Elle regardait ailleurs — à l'autre bout de la cafétéria.

— Charles, on dirait le gamin de la plage, tu sais, celui qui a trouvé la main l'autre jour ?

Il jeta un coup d'œil. L'enfant paraissait seul.

— Charles, tu ne crois pas qu'il devrait être accompagné ?

— Il doit y avoir quelqu'un avec lui.

— Je vais le voir.

— Etta, voyons, tu exagères. Je suis sûr que tout va bien. Ne va pas te mêler de ça.

Mais elle ne tint aucun compte de ses protestations et se dirigea vers la table du jeune garçon. Comme elle y arrivait, une autre femme survint, avec un plateau qu'elle déposa devant lui. Rassurée, Etta expliqua :

— J'étais inquiète de le voir là tout seul !

Puis, se tournant vers l'enfant :

— Je t'ai vu sur la plage avec ton détecteur de métal, dit-elle en prenant soin de ne pas faire allusion à la main.

Cassie se présenta.

— Vous êtes sa mère ? demanda la vieille dame.

— Non, rien qu'une amie. Sa mère n'a pas pu venir jusqu'ici.

— Je vois.

Cassie examina Etta, bien coiffée, bien vêtue. Elle avait l'air d'une grand-mère très à la page.

— Cassie, j'ai mal à la tête, dit le garçon en se frottant les tempes.

— C'est normal, Vincent. Tu devrais reprendre un peu d'aspirine.

— Que lui est-il arrivé ? demanda Etta.

— Il s'est cogné la tête et il faudrait sans doute qu'il soit suivi. Le problème est que je suis journaliste et qu'il me faut aussi travailler.

— Je peux rester avec lui, si vous voulez.

L'offre était tentante. Cassie songea bien, l'espace d'un instant, à toutes ces histoires de déséquilibrés qui enlevaient des enfants. Mais les chances que cette vieille dame soit folle paraissaient faibles. D'ailleurs, Cassie avait-elle le choix ? Bien sûr, elle pouvait toujours traîner Vincent avec elle pendant ses interviews dans le centre, mais il avait besoin de se reposer.

— Ça te dirait ? lui demanda-t-elle.

Il haussa les épaules :

— Pas de problème.

— C'est bien, dit Etta. Mon mari et moi sommes dans la bibliothèque. C'est là que Vincent pourra nous trouver quand il aura fini de manger.

81

Cassie retrouva Leroy et Félix dans le gymnase bondé.

— Te voilà enfin ! s'exclama le premier. Je n'arrive pas à contacter New York, aucun portable ne marche plus. Il va falloir filmer en espérant que les choses s'arrangeront plus tard.

Cassie ne fut pas surprise : elle non plus n'avait pas réussi à joindre la police.

Vincent était désormais en sécurité, mais Mark était Dieu sait où, détenu par un tueur aux abois, assez fou pour poignarder un vieillard et kidnapper un enfant dans le but de récupérer la bague que Merilee Quinones avait portée.

Cassie leva la main pour mieux la voir. Elle l'ôta et l'examina de près. Pas d'inscription, hormis le poinçon du bijoutier. Deux lettres calligraphiées : LS.

Leslie Sebastien... Le bijoutier qu'on avait assassiné l'avant-veille.

Trois opinions valant mieux qu'une, elle décida de confier ce qu'elle savait à ses deux compagnons.

— J'ai vu un car de police devant le lycée quand nous sommes arrivés, dit Félix.

— Il n'est plus là, répondit Cassie. Je viens de demander aux responsables du centre. Il a dû partir pour répondre à un appel d'urgence.

82

Il avait entendu dire que le lycée pouvait accueillir près de 2 000 personnes. Il alla d'une salle de classe à l'autre, en quête de Vincent et Cassie. Autant chercher une aiguille dans une meule de foin.

Arpentant les couloirs, enjambant couvertures et sacs de couchage, il examina chacun des enfants qu'il croisa, tandis qu'ils jouaient aux cartes ou à des jeux de société.

La plupart s'étaient rassemblés dans la salle de musique, où ils tapaient sur le piano et martyrisaient la batterie. Des bébés criaient, les mères tentaient de les apaiser, les pères faisaient les cent pas.

— Ça faisait longtemps que je ne t'avais pas vu !

Il se retourna, mais il lui fallut baisser les yeux pour voir son interlocuteur.

— Anthony ! Comment ça va ?

« Reste calme, bon sang. Ne va pas te trahir ! »

L'autre agita les bras :

— C'est quelque chose, hé ?

— En effet.

— Où es-tu logé ?

— Dans le gymnase. Je me dégourdissais les jambes.

— N'oublie pas que tu m'as promis de me remplacer à l'hôpital la semaine prochaine, lui rappela Anthony. J'espère qu'il n'y aura pas d'enfants blessés par l'ouragan, mais en tout cas ceux qui seront en pédiatrie auront besoin d'un peu de réconfort.

— Je t'appellerai, répondit-il en s'éloignant.

83

Elle n'était pas d'humeur à supporter ce crétin. Gloria avait aperçu Van boire un verre d'eau auprès d'un distributeur, et elle prit soin de rester à distance.

La place qui lui était réservée se trouvait à l'extrémité d'un couloir très encombré. Elle étala sa couverture et y posa ce qu'elle avait apporté à manger, ainsi qu'une pile de magazines de mode et de cinéma, histoire de passer le temps.

Elle se vaporisa un peu d'eau sur le visage et les mains, but une longue gorgée d'eau minérale. Autant tirer parti de ces heures d'attente pour entamer un petit traitement. Gloria ne s'était guère aimée sur les rushes de la veille : sa peau paraissait sèche, ses cheveux ternes.

Elle s'appuya contre le mur et entreprit de voir ce que devenaient ses mannequins préférés. Des jambes interminables, des ventres sans défaut, des poitrines superbes... Elle rentra le ventre, retint son souffle et leva les jambes un peu au-dessus du sol, aussi longtemps qu'elle put.

Elle venait de reprendre son souffle quand elle aperçut, un peu plus loin dans le couloir, un homme qui, l'air soucieux, semblait à la recherche de quelqu'un.

Gloria se réfugia aussitôt derrière son magazine. Elle ne voulait pas qu'il la voie, surtout sans maquillage. Pas plus qu'elle ne désirait lui parler de Merilee.

Une fois l'ouragan terminé, il faudrait peut-être qu'elle fasse part de ses soupçons à la police.

84

Quelle chance ! Cassie Sheridan était là.

— Je reviens tout de suite, dit-il à la fille qui tenait la caméra.

Sac sur l'épaule, le journaliste de SNN traversa la foule de gens allongés sur le sol du gymnase. Quand il parvint à la hauteur de Cassie, il attendit qu'elle termine son interview.

— Bonjour !

De toute évidence, elle ne le reconnaissait pas.

— Tony Whitcomb, de SNN, dit-il un peu piteusement.

— Ah oui, Tony, bien sûr !

— J'ai la cassette dont je vous ai parlé. Je n'ai pas eu l'occasion de la poster, il est plus simple que je vous la donne directement.

Elle avait vraiment autre chose à faire, mais accepta quand même poliment la vidéo qu'il lui remit.

— J'y ai mis quelques-uns de mes meilleurs reportages. De temps à autre, quand c'est la période creuse, la chaîne m'envoie ici ou là... J'ai pensé que Key News aimerait voir ce que je sais faire.

— Très bien, Tony, je transmettrai, dit-elle en glissant la cassette dans son sac.

Mieux valait qu'elle en finisse avec ses interviews, afin de pouvoir s'occuper de Vincent.

85

C'est en de tels moments que Harrison Lewis détestait être un médecin connu. Tout le monde avait l'air de le reconnaître et venait le voir pour bavarder un peu. Comme si ça l'intéressait.

Aucun anonymat possible, même dans la mer de visages du centre d'évacuation. Un vieil homme vint le remercier avec effusion de ce qu'il avait fait pour lui :

— Je ne vous remercierai jamais assez, docteur ! L'année dernière a été merveilleuse, Kitty et moi sommes allés dîner et danser. Je n'ai plus peur à l'idée de conduire de nuit!

— Je suis ravi pour vous, dit-il.

Il aurait bien voulu être ailleurs, et surtout seul, mais il était pris au piège.

86

Comme Jerry faisait la queue pour avoir un peu de café et des beignets, il aperçut, à l'entrée de la cafétéria, le gars qui, la semaine précédente, avait loué discrètement le bateau de Webb. Il aurait bien aimé lui dire deux mots, à celui-là. Laisser du talc partout, ce qui avait amené Webb à soupçonner — à juste titre, certes — que le propriétaire de la marina se faisait un peu d'argent au noir!

Mais Jerry avait faim et ne voulait pas abandonner sa place dans la file d'attente. Il retrouverait ce crétin plus tard.

87

— Charles, va avec lui, dit Etta.

— Je peux me débrouiller seul, protesta Vincent, qui avait l'impression qu'on le prenait pour un bébé.

— Etta, voyons, cesse de t'inquiéter. Vas-y, fiston.

Mais reviens tout de suite ! dit Charles en montrant à l'enfant la direction des toilettes.

Elle le suivit des yeux pendant qu'il s'éloignait. Son mari devait avoir raison ; elle était un peu trop protectrice. Mais il arrive tant de choses...

88

Il aperçut le gamin au moment où celui-ci entrait dans les toilettes, et l'y suivit.

Mais il y avait beaucoup trop de monde à l'intérieur, aussi préféra-t-il ressortir et l'attendre.

La porte s'ouvrit, Vincent sortit. Il le saisit aussitôt par le bras.

— Pas un mot. Si tu veux revoir ton frère, pas un mot.

L'enfant le regarda, si surpris qu'il en oublia l'avertissement :

— Je vous connais !

C'était bien ce qu'il craignait. Vincent pouvait le reconnaître. Tant pis, il lui faudrait se débarrasser de lui aussi.

89

Mark se leva et alla éteindre la télévision. Elle finissait par lui faire peur. Tous ces gens parlant de l'ouragan qui s'abattait sur la ville... On disait que tout le monde était « vacué » de Siesta Key.

Il ne savait pas ce que voulait dire ce mot, mais Siesta Key, c'était là où se trouvait sa maison. Celle où il vivait avec Vincent et maman.

Pourquoi n'était-elle pas venue le chercher ? Il lui était arrivé quelque chose ?

Il s'efforça de ne pas pleurer : cela ne ferait que provoquer une nouvelle quinte de toux. Mais le vent qui secouait les volets de métal placés sur les fenêtres l'effrayait. Il se mit à sangloter, puis à tousser.

Il lui fallait son remède.

Peut-être pourrait-il se débrouiller seul, poser la marteleuse contre le mur près du sofa et s'étendre contre elle.

Il se dirigea vers le placard où l'homme avait déposé l'appareil. Il était tout en haut, au-dessus des vestes et des chemises. Trop haut pour que Mark puisse l'atteindre.

Il s'empara d'un parapluie et tenta d'atteindre la marteleuse. Son doigt appuya par hasard sur un bouton : le parapluie se déploya soudain et lui échappa des mains.

Il reconnut les lettres imprimées sur le nylon : S N N, comme à la télévision.

90

La bibliothèque était pleine de rayonnages. Cassie s'avança lentement dans la grande pièce et en examina chaque recoin pour trouver Vincent. Elle finit par voir Etta, qui la présenta à son mari.

— Ravi de vous voir, dit-il en lui serrant la main. Je vous ai vue à la télé, vous faites du bon travail.

— Merci. Où est Vincent ?

— Il est parti aux toilettes, intervint Etta. Il va revenir.

— Et son mal de tête ?

— Il ne se plaint plus.

— C'est bien.

— Tu pourrais peut-être aller voir ce qu'il devient, Charles, dit Etta d'un ton préoccupé.

Il la regarda avec une exaspération résignée, mais se leva quand même. « Comme ce doit être agréable d'avoir passé une vie entière ensemble », songea Cassie.

Si la migraine de Vincent semblait avoir disparu, la sienne ne faisait que croître. Elle ouvrit son sac et chercha son flacon de comprimés dans le fouillis qui y régnait. Elle y trouva la cassette de Tony Whitcomb. Sur l'étiquette, tapée à la machine, on lisait notamment « Mardi gras » — deux mots qui pour Cassie resteraient toujours liés à Maggie Lynch.

Elle sortit la cassette de son boîtier et l'examina de plus près :

1 — Défilé de Thanksgiving à Miami, Floride.

2 — Mardi gras à La Nouvelle-Orléans.

3 — Kentucky derby, Louisville.

Tony avait parlé de reportages pendant les périodes creuses. Cassie se mit à réfléchir à toute allure. Les périodes creuses, c'était principalement novembre, février et mai. Des mois pendant lesquels les chaînes couraient après l'audience. Des mois dont dépendaient les tarifs des spots publicitaires. Des mois pendant lesquels le clown violeur avait sévi — dans chacune des villes mentionnées sur la cassette.

Les synapses de Cassie étaient près d'exploser. Whitcomb avait interviewé Vincent le jour où le gamin avait trouvé la main sur la plage. Il était aussi à la Ca d'Zan quand Leslie Sebastien avait été assassiné.

Le rubis scintillait à son doigt. Une bague que le bijoutier avait sans doute réalisée lui-même. Pour laquelle Gédéon était mort. Et que le ravisseur réclamait en échange de Mark Bayler.

Tout cela n'était-il que coïncidences ? Peut-être.

Mais Cassie n'aimait pas ça.

— Etta, dit-elle en rassemblant ses affaires, je suis navrée, mais il faut que j'y aille. Dites à Vincent que je serai de retour dès que possible.

91

Il emmena l'enfant dans un endroit qui paraissait à peu près sûr.

Il en avait cherché un, et découvert l'auditorium,

un endroit assez vaste avec une scène, des rideaux, des rangées de sièges où élèves et parents assistaient aux spectacles de l'école.

Et qui dit pièce de théâtre, dit maquillage.

Il avait examiné les coulisses : des décors, des accessoires, des costumes placés sur des cintres... et du maquillage, de pleines boîtes.

Derrière la scène se trouvait une petite pièce où il entraîna Vincent. Vide, isolée, elle donnait sur le parking. Vraiment faite pour lui.

— Donne-moi la bague.

— Je ne l'ai pas.

— Tu ne vas pas recommencer ! La vie de ton frère en dépend !

— Je vous dis que je ne l'ai pas.

— Et où est-elle ?

C'était dit sur un tel ton que le jeune garçon frémit et ne sut que répondre. Pas question d'avouer qu'il avait donné la bague à Cassie. Mais il fallait aussi qu'il récupère Mark.

— Vincent, tu abuses de ma patience, et ton petit frère est tout seul en pleine tempête. Si j'ai la bague, il sera libre. Tout dépend de toi. Où est-elle, bon sang ?

92

— Je n'arrive pas à le retrouver.

— Comment ça ?

— Il n'était pas aux toilettes !

Elle se leva aussitôt, mais il la retint.

— C'est moi qui vais le chercher. Reste là au cas où il reviendrait.

Il avança dans les couloirs surpeuplés en appelant l'enfant par son prénom, sans se soucier des regards surpris :

— Vincent ! Vincent !

— À quoi ressemble-t-il, monsieur ?

— Onze ans, des cheveux et des yeux bruns, avec un tee-shirt bleu marine.

— J'ai vu un gamin qui ressemble à ça, dit quelqu'un. Il allait par là avec un adulte.

93

Cassie était hors d'haleine, son cœur battait à tout rompre. Leroy et Félix n'étaient pas dans le gymnase, ni dans les salles de classe qu'elle avait visitées. Elle pouvait les chercher longtemps, et Tony Whitcomb était là, dans le bâtiment.

« Pas de panique. Réfléchis ! Réfléchis ! »

« *Votre attention, s'il vous plaît. Les médecins et les infirmières présents dans l'établissement pourraient-ils se rassembler dans le bureau du principal ? Je répète : les médecins et les infirmières pourraient-ils se rassembler dans le bureau du principal ?* »

Les haut-parleurs...

Elle pourrait laisser un message à Leroy.

94

Il fourra une chaussette dans la bouche de Vincent et l'attacha sur une chaise avec des ceintures qu'il avait trouvées parmi les accessoires, en faisant des nœuds bien serrés.

— Ça devrait suffire. Et surtout, n'essaie pas de te libérer, si tu veux revoir ton frère !

Laissant le jeune garçon dans la petite pièce, il se dirigea vers la scène et entrouvrit légèrement les rideaux, pour jeter un coup d'œil à l'auditorium. Les gens qui s'y trouvaient somnolaient ou bavardaient entre eux, et ne semblaient pas l'avoir remarqué.

Comment faire pour que Cassie Sheridan vienne jusqu'à lui ?

95

Elle attendit devant le bureau que Leroy et Félix répondent à son message. Les minutes passèrent puis, après ce qui lui parut une éternité, les deux hommes firent leur apparition.

— Vous voilà enfin ! s'exclama-t-elle avant de leur faire part de ses soupçons.

— Tony Whitcomb ? demanda Félix, l'air sceptique. Le journaliste ?

Leroy n'était pas plus convaincu :

— Le gars qui veut travailler chez nous ? Il n'a pas l'air d'un violeur ou d'un meurtrier.

— Et à quoi ressemble un assassin, d'après toi ? rétorqua Cassie d'un ton sarcastique. Je te dis que Whitcomb pourrait bien s'être rendu coupable du viol de Maggie Lynch et des autres — ainsi que d'un kidnapping et d'un ou deux meurtres.

96

Il quitta la scène et se dirigea vers l'arrière de l'auditorium, où un téléphone rouge était fixé au mur. Il décrocha le combiné et attendit.

— Oui ? Puis-je vous aider ?

— Qui est-ce ?

— Le bureau du principal. Puis-je vous aider ?

— J'essaie de joindre quelqu'un.

— Laissez un message et j'appellerai la personne pour lui dire de venir le chercher.

— Merci. Pourriez-vous demander à Cassie Sheridan de venir retrouver Vincent dans l'auditorium ?

— Ah ! Mme Sheridan était là voilà peu. Laissez-moi voir si je peux la retrouver. Sinon, je veillerai à ce qu'elle ait votre message.

— Merci beaucoup.

Comme il raccrochait, on lui tapa sur l'épaule.

C'était Tony Whitcomb.

— Qu'est-ce que tu fais là ? Je te croyais malade ! dit le journaliste.

— Je le suis, mais je ne veux pas mourir ! répondit Brian d'un ton qu'il espérait nonchalant. Je n'allais pas rester chez moi à attendre que l'ouragan s'en aille.

Il changea de sujet :

— Qui est avec toi pour filmer ?

— La nouvelle, Carla.

— Elle se débrouille ?

— Pas mal, répondit Tony, qui fit demi-tour. Bon, il faut que j'y aille, Brian. Il faut bien que certains d'entre nous travaillent !

C'est avec soulagement que Brian le vit s'éloigner.

97

À voir l'air sombre de son mari, Etta comprit qu'il n'avait pas retrouvé Vincent.

— Charles, s'écria-t-elle, qu'allons-nous faire ? J'avais promis de veiller sur lui !

Il se dit qu'il avait peut-être perdu un temps précieux à fouiller les couloirs et les salles de classe, mais il ne voulait pas revenir sans l'enfant.

— Etta, j'ai peur qu'il ne se soit pas simplement égaré.

— Comment ça ?

— Quelqu'un m'a dit avoir vu un gamin qui lui ressemblait s'éloigner avec un adulte.

98

Dans l'entrée principale, Cassie s'agitait nerveusement d'un pied sur l'autre. Leroy et Félix s'étaient installés devant les autres entrées et attendaient qu'une voiture de police fasse son apparition.

« *Cassie Sheridan, veuillez passer au bureau du principal. Cassie Sheridan, veuillez passer au bureau du principal.* »

Elle ne pouvait s'y rendre au moment même où, enfin, elle voyait arriver un véhicule de la police du comté. Une femme avec un bébé dans les bras en sortit. Cassie lui tint la porte ouverte puis courut sous la pluie et dit au policier, par la vitre ouverte :

— C'est une urgence. Je suis Cassie Sheridan, de Key News. C'est une urgence, je vous assure.

— Montez.

Elle lui tendit la cassette de Tony Whitcomb. Il écouta ses explications, lança un appel radio pour réclamer du renfort, puis la suivit dans le lycée.

99

Il avait suffisamment de matériel pour plusieurs sujets et espérait simplement que la camionnette garée devant l'établissement pourrait le retransmettre à la station.

Tony se dirigeait vers l'entrée en préparant mentalement son commentaire, quand il entendit une voix.

— C'est lui ! C'est Tony Whitcomb !

Il sourit en pensant que quelqu'un l'avait reconnu. Puis il fut sidéré de constater que c'était Cassie Sheridan, qui le désignait du doigt. Sa stupéfaction ne fit que croître quand l'adjoint du shérif le prit par le bras.

100

« Peut-être, finalement, y aura-t-il un peu de réconfort pour la mère de Maggie Lynch et les victimes des autres viols », se dit Cassie en voyant emmener Tony. Et ce sera justice pour Merilee Quinones.

Elle ne put s'empêcher de penser que, si Whitcomb était bien le clown violeur, cela signifiait qu'elle avait résolu l'énigme à la place du FBI. Peut-être Pamela Lynch retirerait-elle la plainte qui avait brisé la carrière de Cassie.

L'annonce faite par haut-parleur l'arracha à ses pensées :

« *Cassie Sheridan, veuillez vous rendre au bureau du principal.* »

Charles Chambers l'attendait là-bas, lèvres pincées.

— Qu'est-ce qui ne va pas ?

— Je suis navré de vous dire ça, mais Vincent a disparu.

— Quoi ?!

— Il n'est pas revenu des toilettes et nous ne parvenons pas à le retrouver.

— Excusez-moi, madame Sheridan, dit la femme installée derrière le bureau, mais vous avez justement un message de Vincent.

Elle lui tendit un bout de papier que Cassie lut avec soulagement.

— Ne vous inquiétez plus, monsieur Chambers. Il va bien et me donne rendez-vous à l'auditorium.

— Au bout du couloir et sur la droite, intervint la femme.

Cassie partit en courant, sans laisser à Charles le temps de parler de l'homme qui était avec le jeune garçon.

101

« L'oisiveté est la mère de tous les vices », disait toujours sa mère. Elle aurait été fière de lui : tout en attendant Cassie, il s'activa, se maquillant à grand renfort de crayon gras et de poudre. Le matériel dont il disposait était dépourvu de certains de ses produits préférés, mais il s'en accommoderait. Brian se détendit en voyant, dans le miroir, son visage se transformer peu à peu.

Il aurait bien aimé porter ses lentilles de contact bleues, mais c'était trop tard. Il avait le sentiment que Cassie pouvait avoir un faible pour les yeux bleus, et il comptait bien tout faire pour qu'elle ait autant de plaisir que possible.

Au début, du moins.

Car ensuite, elle n'aurait plus jamais l'occasion d'en éprouver.

Le gamin le fixait avec de grands yeux.

— Ne t'en fais pas, Vincent. Cassie arrive.

102

Où donc était passé Vincent ? Pourquoi était-il venu ici ?

Cassie descendit les marches de l'auditorium, en le cherchant parmi la foule.

À quoi jouait-il ? Ce n'était vraiment pas le moment.

Quand elle le retrouverait, il aurait droit à quelques remarques bien senties. Après qu'elle lui aurait appris que la police avait arrêté le ravisseur de Mark.

« O.K., Vincent, moi aussi j'aime bien jouer. »

Elle prit un escalier qui donnait sur le côté de la scène et disparut derrière le rideau.

103

C'était le bureau de l'un des adjoints du principal. Vide, à l'exception d'un adjoint du shérif et de Tony Whitcomb.

— Vous avez le droit de garder le silence. Tout ce que vous direz pourra être retenu contre vous.

— Vous êtes cinglé ! Vous savez qui je suis ? Vous n'avez aucun droit de me détenir ici !

— Je suis désolé, monsieur Whitcomb, mais, dès que l'ouragan se sera calmé, je vous emmènerai pour un interrogatoire.

— À propos de quoi ?

Le policier n'aurait sans doute pas dû, mais il ne put résister et jeta la cassette sur le bureau.

— De ça ! Mais avant que nous puissions discuter de vos petits voyages, je crois que vous feriez mieux de me dire où est Mark Bayler.

104

Les coulisses étaient vides, hormis les décors et les accessoires.

— Vincent ? Vincent, où es-tu ?

Perdue dans la pénombre, elle écouta et perçut le bruit d'une porte qui s'ouvrait.

— Vincent ? Allons, viens ! Ce n'est pas drôle !

s'écria-t-elle, s'avançant dans la direction d'où venait le bruit.

Pensant attirer le jeune garçon, elle lança :

— Je crois que nous allons retrouver Mark. Et je ne plaisante pas. Viens donc !

De la lumière filtrait d'une fissure dans la porte, qu'elle poussa.

L'enfant était bâillonné et ligoté sur une chaise.

— Vincent ! hurla-t-elle en se précipitant vers lui.

Les yeux écarquillés du jeune garçon étaient fixés derrière elle.

105

Tout ça ne le menait nulle part. Il avait du travail à faire.

Leroy était lassé d'attendre un véhicule de police qui pouvait très bien ne jamais venir, le tout pour satisfaire à une idée de Cassie qu'il jugeait passablement fumeuse.

Elle était vraiment sur la mauvaise pente. Il avait discuté avec un ami du centre de New York, qui lui avait parlé de la promotion de Valeria Delaney. Cassie paraissait préoccupée depuis l'après-midi, quand elle avait reçu ce coup de fil — par lequel, soupçonnait Leroy, elle avait appris sa mise à l'écart définitive. Toutes ces histoires sur Tony Whitcomb pouvaient fort bien être, de sa part, un effort désespéré pour se faire mousser.

Il se dirigea vers l'entrée principale et s'arrêta en chemin pour emmener Félix.

— Tout ça est ridicule ! dit-il. Viens, on perd notre temps.

106

— Pas devant Vincent ! Je vous en supplie ! s'écria Cassie, qui sentait sur sa nuque le contact glacé de la lame d'acier. Laissez-le partir !

— Désolé, c'est impossible : il en a trop vu. Allez, déshabille-toi !

Elle tenta confusément de se souvenir de sa conversation avec Will Clayton, trois jours plus tôt — une éternité. Qu'avait-il dit ? Sa vie et celle de l'enfant en dépendaient.

Un violeur par compensation. À la personnalité perverse, dont le viol ne faisait que ranimer les doutes qu'il nourrissait sur lui-même. Son fantasme fondamental était que la victime apprécie la chose et tombe amoureuse de lui.

— S'il vous plaît... Je ne peux pas devant lui.

Derrière le visage grotesque, des yeux bruns injectés de sang la considérèrent longuement. Elle était plus âgée que les autres, mais très jolie. Si elle ne paniquait pas, ce serait beaucoup plus agréable pour lui. Autant qu'il en tire le plus de satisfaction possible avant de la tuer.

— Je ne peux pas le relâcher, Cassie. Mais je vais le faire sortir de la pièce, pour qu'on soit un peu plus tranquilles.

107

— Sarasota va avoir droit à un fameux procès ! s'exclama Tony. Qu'on puisse croire que je suis un violeur est absolument ridicule ! Et comment osez-vous m'accuser du kidnapping du petit Bayler ?

L'adjoint commençait à se demander si les protestations d'innocence du journaliste n'étaient pas fondées.

— Vérifiez donc avec la chaîne ! dit Whitcomb. Ils vous diront que j'y étais hier, tout l'après-midi et toute la soirée ! Je ne peux matériellement pas avoir kidnappé ce gosse !

108

— Qu'est-ce que tu aimes ? Qu'est-ce qui t'excite, Cassie ?

Le sol était glacé contre son dos nu. Elle avait croisé les jambes et couvert sa poitrine de ses mains.

Le visage de l'homme était tout contre le sien.

— Détends-toi, chuchota-t-il, détends-toi. Tu verras, ça ne fait pas mal.

109

Les ceintures nouées lui entraient dans la peau.

Vincent s'agitait sur sa chaise et tordait ses poignets. S'il pouvait distendre un peu les nœuds pour libérer une de ses mains, il pourrait ôter son bâillon et appeler au secours. Il y avait de l'aide de l'autre côté du rideau.

110

La lumière au plafond baissa un peu, puis revint, aussi aveuglante qu'avant.

L'ouragan.

Elle l'avait oublié. Le rugissement du vent se faisait entendre par-delà les murs.

— Je n'arrive pas à me détendre, dit-elle. Je le voudrais, mais je n'y arrive pas.

Elle sentit la pointe du couteau contre sa nuque.

— Tout dépend de toi, Cassie.

— Peut-être que si nous parlions un peu d'abord... Je m'inquiète pour Mark, si j'étais sûre qu'il va bien, ça m'aiderait un peu.

— Il est en sécurité, bien au sec.

— Chez vous ?

Brian ricana :

— Je sais ce que tu essaies de faire, Cassie. Me tirer les vers du nez, comme tous les journalistes !

Pourquoi ne pas lui dire ? Elle n'aurait jamais l'occasion de le répéter à qui que ce soit. Et si ça pouvait la détendre un peu, le jeu en vaudrait la chandelle.

— Oui, il est chez moi. Tu te sens mieux ?

Elle s'efforça de ne pas frémir quand le corps de l'homme vint se presser contre le sien.

Il fallait qu'il continue à parler, il fallait jouer sur son besoin de réconfort, gagner du temps.

— Vous savez, je vous admire. Vous avez dupé le FBI, la première agence de police du pays, qui a tout fait pour vous retrouver ; mais vous êtes trop malin pour eux. Vous devez en être fier.

Elle continua de flatter son ego, voyant qu'il y était sensible :

— Le FBI a passé au peigne fin les vols partant de Miami, La Nouvelle-Orléans et Louisville après avoir retrouvé les voitures de ces femmes près d'un aéroport. Mais en vain.

— Je suis simplement rentré à l'hôtel en taxi. Tony n'a même pas remarqué mon absence. Il dort comme un bébé.

— C'est très habile.

Lentement, elle leva la main et caressa son visage.

— Pourquoi ce maquillage ? Vous n'en avez pas besoin. Vous êtes très mignon au naturel.

— C'est une longue histoire.

— Nous avons le temps.

— Non, Cassie. C'est trop tard.

111

— Je suis Leroy Barry, de Key News. Pourriez-vous avertir Cassie Sheridan pour moi, s'il vous plaît ?

La femme soupira. Encore elle !

Un homme aux cheveux gris, qui paraissait attendre, s'approcha de Leroy :

— Excusez-moi, mais j'ai entendu que vous parliez de Mme Sheridan. Savez-vous si elle a retrouvé le gamin ? Ma femme et moi sommes très inquiets.

Et il raconta toute son histoire.

112

Elle entendit vaguement son nom sur les haut-parleurs de l'auditorium.

Elle ne savait pas si l'homme allongé sur elle avait lui aussi entendu.

Ils la cherchaient. Pourvu qu'ils la trouvent ! Il lui fallait simplement un peu de temps.

— Je me sens mieux depuis que vous me parlez, dit-elle. Encore une question, je promets que ce sera la dernière.

Le front couvert de maquillage se couvrait peu à peu de transpiration.

— Une seule, alors.

— Parlez-moi de Merilee Quinones, la femme dont on a trouvé la main sur la plage.

Reculant un peu, Brian prit Cassie par le poignet et examina la bague sertie d'un rubis.

— C'est bien la sienne, dit-il à voix basse. Elle devait symboliser la vie que nous aurions menée ensemble. J'avais de tels espoirs !

L'espace d'un instant, Cassie faillit presque avoir de la peine pour cette pathétique créature qui la maintenait à terre.

— Mais Merilee était exactement comme ma mère ! Elle s'est moquée de moi, elle a tout gâché ! On s'est un peu battus, elle est tombée par-dessus bord. Je ne voulais pas la tuer.

« C'est pourtant ce que tu as fait, espèce de cinglé, songea-t-elle. Tu l'as tuée, comme tu as tué Leslie Sebastien et le vieux pêcheur. Tu as ruiné la vie des jeunes femmes que tu as agressées, et Maggie Lynch en est morte. »

Certes, Cassie n'aurait pas dû rendre la chose publique — et jamais elle ne se le pardonnerait.

« Mais c'est toi le responsable, comme si tu l'avais poussée dans le vide toi-même. »

— Oui, Merilee aurait dû porter cette bague, mais je suis heureux que ce soit toi qui la portes désormais, Cassie.

Elle sursauta quand la lumière au-dessus d'eux s'éteignit brusquement.

113

Les coulisses étaient désormais plongées dans une obscurité totale. Vincent entendit, de l'autre côté du rideau, de vives protestations.

Grimaçant de douleur, il se tordit les poignets et sentit les liens se détendre peu à peu.

Un ultime effort le libéra. Il fut tenté de courir venir en aide à Cassie, mais l'homme était bien bâti, il avait un couteau, et l'enfant savait que jamais il ne pourrait l'emporter.

« Fais confiance à ton instinct », avait dit Cassie.

Il lui fallait trouver de l'aide.

Il tâtonna dans le noir pour trouver le rideau, une main devant lui, tout en ôtant la chaussette que l'homme lui avait fourrée dans la bouche.

114

Comme Cassie vomissait, par réflexe, il lâcha sa main et recula.

Par réflexe, mais c'était une erreur.

Dans l'obscurité, Cassie tâtonna à la recherche du couteau.

Il était là. Froid, lisse.

« Du calme, du calme... » Ses doigts caressèrent l'acier, cherchant le manche.

Lui aussi voulait le retrouver.

— Pas de sottises, surtout ! siffla-t-il.

— Non, non, promit-elle.

Ce qui n'était pas un mensonge. Ce qu'elle s'apprêtait à faire n'avait rien de sot.

« Distrais-le. Il faut le distraire. »

— Je crois que je suis prête maintenant, dit-elle. Où êtes-vous ?

— Ici, Cassie, ici.

— Venez, se força-t-elle à dire, en priant pour ne pas vomir à nouveau. Elle sentit la chaleur de son corps quand il vint s'étendre sur elle. L'odeur rance de sa transpiration la suffoqua.

— Qu'est-ce qui ne va pas ? demanda-t-il.

— Rien, il n'y a rien.

La bouche de l'homme chercha la sienne ; quand elle sentit le maquillage gluant sur ses lèvres, sa main se referma sur le couteau.

Maintenant. Maintenant !

Elle frappa de toutes ses forces et entendit un bruit sourd.

Quand la lumière revint, elle vit qu'elle avait frappé juste.

***

Elle était effondrée sur le sol, couverte de sang, quand ils arrivèrent.

Leroy jeta un coup d'œil dans la pièce et empêcha Vincent d'entrer.

— Reste là, ordonna-t-il d'un ton ferme.

Il ôta sa veste, qu'il tendit à Cassie en détournant les yeux. Elle eut la force de plaisanter :

— Je n'aurais jamais cru que je pourrais être si heureuse de te voir !

ÉPILOGUE

Dimanche 25 août

— Cassie, félicitations pour tout ton travail de la semaine dernière, dit Yelena Gregori depuis New York. C'est un bel exemple pour tout le monde à Key News.

— Merci.

Un autre correspondant de la chaîne s'était chargé de rendre compte des effets du cyclone ; on avait parlé de Cassie à chaque journal télévisé, en évoquant l'histoire du clown violeur et de ses crimes. « Hourglass » en avait d'ailleurs repris une partie. Brian Mueller était à l'hôpital où il se remettait de sa blessure. On s'accordait à penser que ses avocats plaideraient la folie, et qu'il passerait le reste de ses jours dans un asile.

Que Yelena appelle de chez elle, un dimanche, montrait que Cassie avait retrouvé tout son prestige. Son agent, lui aussi, semblait s'être souvenu de son existence. Il l'avait informée qu'il avait reçu des appels d'ABC, de CBS et de NBC : les trois chaînes lui proposaient un contrat.

Yelena n'avait rien d'une sotte : elle savait qu'il lui fallait mettre un peu de baume sur les plaies de la jeune femme, si Key News voulait conserver Cassie Sheridan.

Et celle-ci le savait aussi. Pour le moment, cependant, savoir qui choisir ne l'intéressait pas. Elle voulait rentrer chez elle, revoir Hannah.

— Et la meilleure nouvelle nous vient de nos avocats, Cassie ! Pamela Lynch songe à abandonner les poursuites, puisque vous avez permis l'arrestation de l'homme qui a violé sa fille !

Cassie ne réagit pas comme Yelena l'escomptait et se contenta de répondre d'une voix morne :

— Dieu merci !

— Cassie, je vous rappelle demain au bureau pour discuter de votre avenir.

— Je n'y serai pas, Yelena.

— Comment cela ?

— Je vais prendre l'avion pour Washington. Je veux revoir ma fille.

Le ton de Cassie montrait qu'elle n'entendait pas demander la permission.

— Bien sûr, bien sûr, dit Yelena en toute hâte. Alors, je vous appellerai là-bas.

« Comme vous voudrez », songea Cassie. Cela n'avait pas d'importance pour le moment. Elle ne songeait qu'à ceux qu'elle aimait, Jim et Hannah, qui s'inquiétaient pour elle et voulaient la revoir.

***

Avant de se rendre à l'aéroport, Cassie avait une visite à faire.

— Siesta Key, 603 Calle de Perú.

Par la vitre arrière du taxi, elle vit les équipes de nettoyage de la ville ramasser branches de palmiers et débris divers, ultimes traces du passage de Gisèle.

En passant devant la marina, elle aperçut la casquette orange de Jerry Dean, qui dirigeait les opérations de récupération d'un bateau retourné. Le véhicule dut faire plusieurs détours pour éviter des rues inondées.

Le Salty Dog avait rouvert, les commerçants de Siesta Village balayaient les trottoirs devant leurs boutiques. Arrivant à destination, Cassie vit Mark et Vincent jouer devant la maison, sous le regard attentif de leur mère.

Vincent courut vers Cassie pendant qu'elle payait le taxi et lui indiquait où venir la rechercher.

— Je vous attendais, dit le jeune garçon.

— Je t'avais bien dit que je viendrais.

Elle parla un peu avec Wendy et accepta ses remerciements sans façon.

— Au moins, quelque chose de bon est sorti de tout ça ! dit la mère. M. et Mme Chambers m'ont proposé de veiller sur mes fils quand j'en aurai besoin. Ils disent qu'ils seront ravis dans le rôle des grands-parents !

— Magnifique ! dit Cassie d'un ton enthousiaste. Cela vous rendra les choses un peu plus faciles.

Elle caressa la joue de Mark, puis dit à Vincent :

— Tu es prêt ?

— Ouais.

Ils partirent tous les deux vers le village et s'assirent sur le banc de bois devant chez Big Olaf, pour manger des glaces.

— Ça fait encore mal ? demanda-t-elle en regardant les bandages qu'il avait aux poignets.

Il haussa les épaules :

— Pas tant que ça. Je ne vous reverrai pas ?

— Je n'en suis pas si sûre. Cet endroit me paraît parfait pour des vacances. J'aimerais y revenir de temps en temps avec ma fille.

— Elle a bien de la chance.

— Ce n'est pas toujours ce qu'elle pense. Mais je vais m'efforcer de la faire changer d'avis.

— Elle est folle ! Si seulement j'avais une mère comme vous !

— Et je serais fière d'avoir un fils comme toi, Vincent. Mais ta maman est une femme remarquable et elle fait de son mieux pour prendre soin de toi et de Mark. Elle t'aime beaucoup.

Cassie ne voulait pas qu'il se mette à fantasmer sur une autre mère que la sienne. Le seul problème de Wendy était leur situation financière, qui leur rendait la vie si difficile.

Elle lécha sa glace en se disant qu'il faudrait rester en contact avec Sarge Tucker. Après l'ouragan, le manager des Boys Next Door avait annoncé qu'il verserait les droits de *Nul ne saura* à des organisations de charité. Peut-être par bonté d'âme, peut-être par remords d'avoir volé la chanson de Merilee, ce qui n'avait plus d'importance puisqu'elle était morte. Mais Cassie tenait à ce qu'une partie de l'argent parvienne à la famille Bayler, et pensait pouvoir convaincre Tucker en ce sens.

Le taxi s'arrêta devant la boutique. Cassie se leva :

— J'ai ton numéro, tu as le mien. Je t'appelle dans quelques jours, d'accord ?

— C'est promis ?

— Promis.

Elle se pencha et le serra dans ses bras.

— Vincent Bayler, tu es un bon garçon, et très malin. Je crois que de grandes choses t'attendent, et je m'y connais. Je t'ai dit de faire confiance à ton instinct, tu te souviens ?

Elle lui fit signe de la main par la vitre du taxi jusqu'à ce que l'enfant ait disparu, puis regarda droit devant elle. Elle avait décidé de régler ses problèmes avec sa fille, même si ce ne serait pas facile. Et elle n'avait toujours pas renoncé à Jim.

Elle n'avait pensé qu'à son travail au détriment de sa famille. Elle espérait qu'Hannah et son mari lui pardonneraient. Mais quoi qu'il se passe en ce domaine, ou dans sa carrière, elle ressentait désormais une profonde paix intérieure. Elle avait appris, à la dure, la plus grande leçon de l'existence : il ne faut jamais penser que le bonheur vous est dû.

Aubin Imprimeur
LIGUGÉ, POITIERS

Achevé d'imprimer en février 2004
pour le compte de France Loisirs
123, bd de Grenelle, 75015 Paris

N° d'édition 40038 / N° d'impression L 66476
Dépôt légal, novembre 2003

Imprimé en France

— Je ne peux pas le relâcher, Cassie. Mais je vais le faire sortir de la pièce, pour qu'on soit un peu plus tranquilles.

107

— Sarasota va avoir droit à un fameux procès ! s'exclama Tony. Qu'on puisse croire que je suis un violeur est absolument ridicule ! Et comment osez-vous m'accuser du kidnapping du petit Bayler ?

L'adjoint commençait à se demander si les protestations d'innocence du journaliste n'étaient pas fondées.

— Vérifiez donc avec la chaîne ! dit Whitcomb. Ils vous diront que j'y étais hier, tout l'après-midi et toute la soirée ! Je ne peux matériellement pas avoir kidnappé ce gosse !

108

— Qu'est-ce que tu aimes ? Qu'est-ce qui t'excite, Cassie ?

Le sol était glacé contre son dos nu. Elle avait croisé les jambes et couvert sa poitrine de ses mains.

Le visage de l'homme était tout contre le sien.

— Détends-toi, chuchota-t-il, détends-toi. Tu verras, ça ne fait pas mal.